short & easy

Vitor Zimmerer

Extrem TV

In der Reihe **short & easy**
sind u.a. erschienen:

RTB 52511
Jochen Till, Ferien, Flirten und Flamingos

RTB 52258
Jochen Till, Fette Ferien

RTB 52406
Jochen Till, Fiese Ferien

RTB 52237
Inge Meyer-Dietrich, Und das nennt ihr Mut

RTB 52245
Werner Färber, Volle Pulle

RTB 52358
Brigitte Blobel, Alles nur Show?

RTB 52430
Werner Färber, Wenn ich will, hör ich auf

RTB 52438
Werner Färber, Wie viele Level hat dein Leben?

RTB 52489
Christian Tielmann, Und plötzlich bist du jemand anders

RTB 52497
Nortrud Boge-Erli, Ihr wisst ja nicht, was Liebe ist

Vitor Zimmerer

Extrem TV

Ravensburger Buchverlag

Als Ravensburger Taschenbuch
Band 52538
erschienen 2015

MIX
Aus verantwortungsvollen Quellen
FSC® C114500
FSC
www.fsc.org

Danke an Tanja Poestges
für die hilfreichen Vorschläge und Änderungen

1 2 3 4 18 17 16 15

Originalausgabe

Postfach 1860, 88188 Ravensburg
Umschlaggestaltung: Henry's Lodge unter Verwendung eines Fotos von
© M. Stasy/Shutterstocke
Das Zitat auf Seite 70 stammt aus dem Lied
„Was hat dich bloß so ruiniert" der Band „Die Sterne".
© Die Sterne 1996.
Abdruck mit freundlicher Genehmigung
von Warner Chappell Music GmbH & Co. KG Germany.

Printed in Germany
ISBN 978-3-473-52538-6

www.ravensburger.de

Da sitze ich also auf meinem Bett
und warte auf meinen Auftritt.
Das Zimmer ist aufgeräumt. Einigen Kram
habe ich schnell unters Bett geschoben,
andere Sachen in den Schrank gestopft.
Auf meinem kleinen Schreibtisch
habe ich alles ordentlich umgeschichtet.
Durch die Tür höre ich, wie meine Mutter
in der Wohnung von einem Zimmer ins nächste
geht und in die Kamera quatscht. Sie erklärt,
wie klein die Wohnung für uns drei ist.
Sie sagt, dass unsere Familie es sich trotzdem
so gemütlich macht, wie es nur geht.
Und dass wir uns gut verstehen.
Dann klopft sie an meine Tür.
„Kannst reinkommen“, sage ich.

Sie schaut herein und schüttelt den Kopf.
„Kim, du hast mir doch versprochen,
dass du aufräumen würdest."
„Was denkst du, was ich gemacht habe?"
„Kannst du wenigstens den Tisch
noch etwas frei machen?"
„Mama, bitte. Der Tisch ist perfekt."
Für einen kurzen Moment sieht Mama aus,
als würde sie losheulen. Sie ist in letzter Zeit
total empfindlich. Man weiß einfach nie,
wann die Heulerei losgeht.
Es ist aber auch eine stressige Zeit.
Papa findet seit fast zwei Jahren keine Arbeit.
Seine Chancen stehen wohl schlecht,
weil er schon über vierzig ist.
Mama sucht auch nach einer Stelle.
Sie hat aber noch weniger Aussicht auf Erfolg,
weil sie mit dem Arbeiten aufgehört hat,
als sie mit mir schwanger war.
Ständig kriegt sie zu hören, dass sie

keine Erfahrung hat. Aber wie soll sie denn
welche sammeln, wenn niemand sie lässt?
Na gut, dann räume ich eben noch

ein paar Sachen weg. Mama schaut noch mal ganz genau in jede Ecke meines Zimmers. Erst dann drückt sie auf den Aufnahmeknopf.

„Das ist meine Tochter Kim“, sagt sie bemüht munter. Ich lächle und sage Hallo. Meine Mutter filmt das Zimmer.
„Kim ist vierzehn. Sie spielt Klavier …“
„Das ist ein Keyboard, Mama.“
„… und geht auf die Elisabeth-Selbert-Schule. Sie ist wirklich sehr, sehr fleißig.“
So geht es weiter. Lauter so Bla. Ich frage mich, ob mein aufgesetztes Nettes-Mädchen-Grinsen nicht zu doof rüberkommt.
Meine Mutter richtet die Kamera auf die Poster, die an meiner Wand hängen. Sie liest die Bandnamen laut vor, kann sie aber nicht aussprechen.
Es wird ganz klar, dass sie keine Ahnung von der Musik hat. Vielleicht ist sie diejenige, die blöd rüberkommt?

„Das Video kommt aber nicht ins Fernsehen,
oder?“, frage ich.
Mama macht die Kamera aus. „Nee“, sagt sie.
„Dieses ist wirklich nur für die Bewerbung.“
Das ist keine normale Bewerbung
für irgendeinen Job.
Wir bewerben uns für eine Fernsehsendung.
Auf die Idee kam meine Mutter.
Sie unterhält sich manchmal in einem
Internetforum mit anderen Leuten ohne Arbeit.
Es geht darum, wie man Probleme mit dem
Jobcenter löst und am besten mit der Stütze
über die Runden kommt. Vor allem geht es aber
den Leuten wohl um das Gefühl,
mit dem ganzen Mist nicht alleine zu sein.
In diesem Forum wurde Mama von einer Firma
namens *Idee TV* angeschrieben. *Idee TV* macht
Fernsehsendungen und verkauft sie an Sender.
Da sind wohl auch Sachen für Politiksendungen
dabei. Jetzt will *Idee TV* eine Sendung

über Arbeitslose machen und sucht
in diesem Internetforum nach Teilnehmern.
In der Nachricht an Mama hieß es,

dass *Idee TV* zeigen möchte,
wie schwer Arbeitslose es haben.
Mama solle einfach mal ein kurzes Video
von der Wohnung und ihrer Familie machen.
Die Redakteure würden dann entscheiden,
ob wir infrage kommen.
Idee TV sagte auch, dass uns die Sendung
helfen könne. Es gibt nämlich Geld,
wenn wir mitmachen. Achthundert Euro.
Aber vielleicht guckt auch jemand zu,
der Arbeit für meine Eltern hat.
Das wäre natürlich noch besser. So gesehen
geht es am Ende doch um einen Job.
Wir gucken das Video zusammen
auf dem kleinen Display der Kamera an.
„Und? Wie ist das?“, fragt Mama.
Ich umarme sie.
„Ziemlich gut“, sage ich. „Mach dir nicht
so viele Sorgen. Du bist den ganzen Morgen
durch die Wohnung gerannt und hast alles
blitzblank gewischt. Aber wenn du willst,
dass wir einigermaßen normal rüberkommen,
bräuchtest du dich gar nicht so anzustrengen.“

Papa kommt um sechs nach Hause. Er wirft
sich müde auf das Sofa und legt den Kopf
nach hinten.
Seitdem er nicht mehr arbeitet,
hat sich viel verändert. Die neue Wohnung
ist kleiner, die Klamotten im Schrank
sind weniger, wir fahren nicht mehr in den Urlaub.
Ich dachte, dass ich Papa dann wenigstens
öfter sehen würde. So ist es aber nicht.
Ständig macht er irgendwelche Schulungen,
schreibt Bewerbungen und reist quer durch
Deutschland zu Vorstellungsgesprächen.
Papa sieht die Kamera auf dem Wohnzimmertisch.
„Habt ihr schon angefangen?" Mama nickt.
„Und? Ist der Film gut bisher?"
„Es ist kein ‚Herr der Ringe'", sage ich.
Er lacht. „Du bist ja auch kein Ork." Er guckt
immer noch auf die Kamera.
Er wirkt etwas besorgt.
„Du willst das doch immer noch machen?",
fragt Mama.
„Ja", sagt er und klatscht in die Hände.
„Und zwar jetzt. Ist die Regisseurin bereit?"

Er setzt sich gerade hin und streicht seine Haare glatt. Mama nimmt die Kamera und fängt an zu filmen.
„Hallo“, sagt Papa und lächelt ins Objektiv.
„Mein Name ist Matthias Lesser. Ich bin ausgebildeter Zerspanungsmechaniker und war zuletzt in der Metallverarbeitung tätig. Vor etwa zwei Jahren hat der Betrieb dichtgemacht. Inzwischen beziehen wir Arbeitslosengeld II.“
Hartz IV mag Papa nicht aussprechen.
„Wir finden es gut, wenn im Fernsehen gezeigt wird, wie das Leben einer Familie ist, die gegen die Arbeitslosigkeit kämpft. Ich habe mit meiner Frau Anke und meiner Tochter Kim eine tolle Familie. Wir sind ein gutes Team und keine Faulenzer. Uns gefällt es ja auch nicht, Geld vom Staat zu nehmen. Wenn wir Ihnen also bei Ihrer Sendung helfen können, machen wir das gerne.“
Mama macht die Kamera aus.

Meine Eltern gucken nicht so häufig fern.
Abends setzen sie sich manchmal hin und schauen
einen Krimi. Oder eine dieser politischen Talk-
shows.
Da geht es oft um Arbeitslosigkeit. Papa hofft,
dass wir in eine dieser Sendungen kommen.
Ich schaue schon mehr als Mama und Papa,
aber auch nicht viel: Konzerte, Zeichentrick.
Okay, auch Topmodel. Oft zappe ich rum,
bleibe aber nirgendwo so richtig hängen.
Ich gucke stattdessen Filme auf DVD
oder bei Flynn auf dem Computer.
Flynn ist mein bester Freund.
Er hat eine ganze Festplatte voll mit Filmen,
entweder von Leuten aus der Schule oder direkt
aus dem Netz. Es kommen ständig neue hinzu.
Wir haben echt mehr Filme als Zeit.
Flynn und ich mögen eigentlich alles,
von total behämmerter Comedy mit Witzen
über Durchfall bis zu japanischen Horrorfilmen.

Ich habe natürlich schon Sendungen gesehen
über Leute, die arbeitslos sind. Die kommen
meist nachmittags.

Die Arbeitslosen darin benehmen sich oft wie
die letzten Deppen.
Sie schreien rum, leben in einem Drecksloch,
fressen und saufen die ganze Zeit
und kriegen ihr Leben auch sonst nicht
auf die Kette. Ich habe das Gefühl,
dass für manche jede Hilfe zu spät kommt.
Aber nicht für uns. Deshalb hat Papa
ja auch betont, dass wir keine Faulenzer sind.

Meine Mutter brennt das Video auf CD
und schickt es an die Leute von *Idee TV*.
Nur zwei Tage später wird Mama angerufen.
Sie ist ganz aufgeregt, als sie mir davon erzählt.
„Monika Steinfeld heißt die Frau vom Fernsehen.
Sie war wirklich sehr nett, sehr einfühlsam
und verständnisvoll. Wir haben bestimmt
eine halbe Stunde miteinander gesprochen.“
Frau Steinfeld will schon nächsten Freitag
kurz vorbeikommen, um uns kennenzulernen.
Mama kriegt sich nicht mehr ein bei
dem Gedanken, bald in einer Fernsehsendung
zu sein.

Ich lasse mir die Sache noch mal
durch den Kopf gehen. Mir wird etwas mulmig.
Idee TV hat sich tatsächlich gemeldet!
Das kann ganz toll werden
oder ein riesiger, peinlicher Reinfall.
Es braucht nur einen dummen Moment im
Fernsehen, irgendeinen blöden Spruch von mir,
und schon stellt mich jemand auf YouTube
und ich werde eine Million Mal gesehen.
Als Papa nach Hause kommt und von
dem Anruf hört, sagt er, dass er sich freut.
Aber er bleibt sehr ruhig.
Ich habe das Gefühl, dass ihm genauso
mulmig ist wie mir.

Am nächsten Tag sitzen Flynn und ich
bei seinen Eltern im Wohnzimmer.
Flynn ist der Einzige,

dem ich vom Fernsehen erzählt habe.
Er sieht die Sache mit gemischten Gefühlen.
„Eigentlich schade, dass du nur ins Fernsehen

kommst, weil deine Familie keine Knete hat“,
sagt er.
„Wieso? Das ist doch gerade der Punkt“,
entgegne ich. „Es geht darum,
dass uns jemand hilft. Ich kann später
immer noch mal ins Fernsehen,
wenn ich meinen ersten Hit habe.“
Er lacht. „Okay. Aber bevor du ein Rockstar bist
und die Fuffis durch den Klub schmeißt,
kennen dich viele Leute nur als das Mädel,
das keine Knete hat. Sie wissen nichts anderes
über dich. Ist doch schade.“
Daran hatte ich gar nicht gedacht.
Flynn hat Recht. Klar ist das Geld
immer ein Thema bei uns,
aber es gibt so viel mehr in unserem Leben.
Für den Zuschauer werde ich nur die Tochter
von Arbeitslosen sein.
Mehr Sorgen mache ich mir aber
um den peinlichen Ausrutscher. „Solange ich
nicht vor der Kamera einen fahren lasse
oder sonst etwas Blödes mache, ist es okay.“
„Eigentlich müsstest du sogar irgendetwas

Krasses machen“, sagt Flynn. „Nichts,
was peinlich ist, aber etwas,
was die Zuschauer nicht vergessen.“
Er überlegt. „Spiel doch irgendeinen Hammersong
auf deinem Keyboard.“
„Meinst du, dass das die Leute
von der Fernsehfirma interessiert?“
„Auf jeden Fall ist die Sendung eine Chance“,
meint er. „Ich würde es probieren.“

Am Freitag ist der Termin mit Frau Steinfeld
bei uns zu Hause. Als es endlich
an der Tür klingelt, warten meine Eltern und ich
schon fast eine Stunde auf sie.
Frau Steinfeld hat dunkelblonde Haare
mit hellen Strähnen. Ich vermute,
sie ist über dreißig. Sie sieht müde aus,
irgendwie abgekämpft.

Sie trägt eine Wildlederjacke
mit einer roten Bluse darunter, dazu Jeans,
wie aus einem schicken Modekatalog.

In diesen Klamotten passt sie überhaupt nicht
zu unserer engen, total langweiligen Wohnung.
Wir nehmen am Küchentisch Platz
und meine Mutter bietet ihr Apfelschorle an.
Frau Steinfeld legt ihr Smartphone auf den Tisch
und sagt, dass sie das Gespräch
für die Redaktion aufzeichnen will.
Dann geht die Befragung los.
Meine Eltern sollen erzählen, wie es dazu
kommt, dass beide keine Arbeit haben.
Sie sollen schildern, wie schwierig unser Leben
ist. Wie eine Lehrerin fragt Frau Steinfeld
meine Eltern ab. Sie wirkt dabei streng
und ziemlich kühl. Hatte meine Mutter nicht
davon geschwärmt, wie einfühlsam sie war?
Als Frau Steinfeld fragt, ob die Lage
zu mehr Streit in der Familie führt,
antworten meine Eltern sehr ehrlich.
Mein Vater sagt, dass ihm oft die Geduld fehlte.
„Ich bin auch schon mal ausgerastet." Er starrt
auf die Tischplatte. „Das war nach einem
sehr schlechten Bewerbungsgespräch.Ich kam
nach Hause und mir war zum Heulen.

Ich wollte nur meine Ruhe. Aber meine Frau
und meine Tochter stritten sich
über irgendwelche Schulaufgaben.
Da ist mir der Kragen geplatzt
und ich habe die beiden angeschrien."
Es fällt ihm schwer, Mama und mir
in die Augen zu schauen. „Es tut mir leid."
In dem Moment denke ich, dass sich der Besuch
von der Fernsehfrau schon gelohnt hat.
Ich erinnere mich nämlich sehr gut
an den Abend.
Wir haben uns alle drei ziemlich böse gefetzt.
Am Ende bin ich in mein Zimmer geflüchtet.
Bis jetzt haben wir kein Wort mehr
über diesen Streit verloren.
Es tut so gut, dass Papa darüber spricht.
Ich bin gerade sehr stolz auf ihn.
Frau Steinfeld hört meinem Vater gebannt zu.
Jetzt wirkt sie ehrlich interessiert.
„Ich glaube, dass so etwas für die Zuschauer
spannend ist", bemerkt sie. „Würden Sie sagen,
dass Ihr Familienfrieden in Gefahr ist?"
„Ja", sagt meine Mutter, ohne zu zögern.

Ich bin baff. Klar streiten wir uns manchmal,
aber so schlimm finde ich unsere Familie
echt nicht.
Muss ich mir Sorgen machen?
„Wie sieht es mit der Hilfe aus?“, will Papa wissen.
„Sie hatten uns doch Hilfe versprochen.“
Da ist Frau Steinfeld plötzlich wieder ganz kühl.
„Klar“, sagt sie, „wir arbeiten
an einer neuen Sendung, in der wir auf Menschen
wie sie zugehen. Einer aus unserem Team
ist studierter Sozialpädagoge.“
Das Ende des Satzes habe ich nicht kapiert.
„Wir brauchen keinen ‚Pädagogen‘, sage ich.
„Aber er kann einer Familie wie deiner
helfen.“ Die Antwort kommt etwas genervt.
Mama guckt mich so finster an,
dass ich ab jetzt wohl besser nichts mehr sage.
Nach nicht einmal einer Stunde
sagt Frau Steinfeld uns, dass sie uns gerne
in der neuen Sendung hätte.
Meine Eltern atmen erleichtert auf.
Papa lacht.
„Es ist eine Weile her, dass ich

nach einem Vorstellungsgespräch
eine gute Nachricht bekommen habe!“
Frau Steinfeld lächelt dünn. „Ach, Herr Lesser.
Das war doch kein Bewerbungsgespräch.
Ich wollte Sie nur besser kennenlernen,
und jetzt arbeiten wir zusammen.“
Wir machen einen Termin – schon in zwei
Wochen wird mit uns gedreht! Das Fernsehteam
wird uns einen ganzen Tag lang begleiten.
Dafür will es schon um halb sieben bei uns
auf der Matte stehen.
Kaum ist Frau Steinfeld weg, kriege ich
von meiner Mutter erst einmal Ärger.
„Du weißt doch, dass man nicht einfach
dazwischenquatscht!“, fährt sie mich an.
„Was, wenn sie uns deswegen
nicht genommen hätte!“
Das finde ich richtig mies.Ich darf ja wohl
mal fragen, was ein Sozialdingens ist.
Außerdem habe ich mich ansonsten
echt gut benommen.
Aber ich sage nichts.
Meine Eltern sind schon gestresst genug.

Ab jetzt drehen sich meine Gedanken ständig
um das Fernsehen und unseren großen Tag,
egal ob zu Hause, in der Schule oder im Bus.
Ich traue mich aber nicht, in der Klasse
darüber zu reden.
Das Thema der Sendung ist mir unangenehm.
Wenn meine Freundin Isil mich also fragt,
was bei mir so geht,
sage ich: „Nix halt."
Wenn ich beim Sport nicht aufpasse
und Sandra fragt, wovon ich gerade träume,
antworte ich genervt: „Eiscreme."
Flynn hält natürlich die ganze Zeit dicht.

Am Tag bevor das Fernsehen kommt,
saugt, schrubbt und putzt Mama die Wohnung
von oben bis unten.
Alles riecht nach Putzmittel mit Zitronenaroma.
Meine Aufgabe: wieder mein Zimmer.
Ich gebe mir mehr Mühe als sonst,
aber es reicht nicht.

Als Mama hereinkommt, guckt sie,
als hätte ich mein Bett angezündet.
„So kannst du nicht ins Fernsehen!“,
platzt sie heraus.
Mit einem fast schon irren Blick fängt sie an,
in meinem Zimmer Sachen wegzuräumen
und den Boden zu wischen.
„Du musst auch in den Ecken wischen!
Und die Bodenleisten!“
Was interessieren mich die verdammten Leisten?
Ich weiß doch nicht einmal,
was ich beim Dreh anziehen soll!
Auf einmal wird sie komplett verrückt
und glaubt, dass mein Zimmer
total vollgestellt sei.
Sie stopft wahllos alles,
was auf meinem Schreibtisch liegt, in eine Kiste
und sagt, dass sie sie zum Nachbarn bringen will.
„Bis die Fernsehleute wieder weg sind.“
Mir reicht es.

„Mama, spinnst du? Soll ich deine Sachen
auch einfach weggeben?“, brülle ich sie an.
Es nützt nichts.

Fünf Minuten später ist mein Schreibtisch leer,
ich liege heulend auf dem Bett und Mama
betreibt ihren Putzwahnsinn woanders.
Der Abend ist kaum besser.
Ich habe keinen Bock auf meine Eltern
und komme nicht aus meinem Zimmer.

Am nächsten Morgen fühlt sich mein Kopf
total zerknautscht an.
Ich habe kaum geschlafen.
Meine Augen sind immer noch verheult.
Meine Lider sind total zugeklebt mit Augenrotze.
Die Tür geht auf.
„Aufstehen“, herrscht meine Mutter mich an
wie ein Gefängniswärter.
Ich werfe einen Blick in den Spiegel und stöhne.
Manchmal geht einfach alles schief.
„Okay“, sage ich mir. „Cool bleiben.
Schminke ist dein Freund und Helfer.“
Aber das Bad ist schon besetzt, und zwar von wem?
Mama natürlich.

Eigentlich mag ich meine Mutter.
Wenn sie nicht gerade vom Teufel geritten wird,
kann ich mich gut mit ihr unterhalten.
Sie ist hilfsbereit und gibt mir ganz gute Tipps.
Manchmal kann ich mit ihr sogar
über Jungs sprechen. Von meinen Freundinnen
weiß ich, dass nicht alle Mütter so sind.
Aber ausgerechnet heute ist sie voll daneben.
Ich wasche mir in der Küche das Gesicht.
Papa sitzt am Tisch, trinkt Kaffee
und liest Zeitung,
als wäre heute ein ganz normaler Tag.
„Versuch einfach, locker zu bleiben“,
sagt er.
Er ist aber auch ganz blass.
Plötzlich muss ich lachen. Die gesamte Situation
ist einfach zu absurd. Wir machen uns in die Hose,
als würde die Wohnung bald von Zombies
überrannt. Auch mein Vater muss lachen.
Das tut mir richtig gut.

Dann klingelt es an der Tür.
Es ist Viertel nach sechs.
Die Fernsehleute sind fünfzehn Minuten zu früh.

Mein Vater drückt den Türöffner.
Ich höre mehrere Leute die Treppen
zu uns in den vierten Stock heraufkommen.
„Kein Aufzug“, murmelt einer von ihnen.
„Na ja“, höre ich Frau Steinfeld sagen.
Und da ist sie auch schon. Diesmal trägt sie
einen superweich aussehenden,
dunkelblauen Rollkragenpulli
und eine helle Leinenhose. Hinter ihr kommt
ein Typ mit Kamera. Das ist keine Kamera,
wie man sie so kennt.
Er trägt dieses große, schwere Gerät
ganz locker vor sich her.
Unten an der Kamera ist eine Stange,
an der ein Bildschirm befestigt ist
und ein kleiner schwarzer Kasten.
Der gesamte Apparat ist am Kameramann
angegurtet.
So etwas habe ich noch nie gesehen.
Wissenschaftler können Roboter
auf den Mars schießen,
aber nichts fasziniert mich gerade mehr
als diese bekloppte Kamera.

Die Frau hinter dem Kameramann trägt nur
einen Stab mit einem großen Mikrofon daran,
dazu Kopfhörer.

Als ich mich gerade frage, wie viele Leute
in unsere Wohnung passen, kommen noch zwei
die Treppe rauf. Einer schleppt
noch zusätzliche Stangen unterm Arm
und einen schweren Plastikkoffer in der Hand.
Die andere hat einen weiteren Koffer dabei.
„Guten Morgen“, sagt Frau Steinfeld
etwas außer Atem, während Papa und ich
die ganze Truppe mit offenem Mund
anglotzen.
In dieser Sekunde bemerke ich zwei Sachen:
Erstens läuft die Kamera schon
und hält voll auf unsere Gesichter.
Zweitens habe ich mich noch gar nicht
geschminkt!
Das Team hat keine Minute gedreht,
und schon ist der erste peinliche Moment da.

Ich unterdrücke meinen Wunsch, mich im Bad
einzusperren, und begrüße die Leute ganz nett.
Frau Steinfeld stellt ihre Kollegen vor,
aber es ist zu früh am Morgen,
um mir die ganzen Namen zu merken.
Als Mama aus dem Bad kommt, erschrickt sie
über die vielen Leute. Sie tut freundlich,
guckt aber immer wieder auf die Schuhe
unserer Besucher. Wahrscheinlich fürchtet sie
um ihren frisch geputzten Boden.
„Wir sollten gleich loslegen",
sagt Frau Steinfeld. „Ich habe mir gedacht,
dass wir am Küchentisch anfangen.
Vielleicht können Sie sich zu dritt hinsetzen
und zusammen frühstücken?"
Mama und ich setzen uns.
Papa toastet etwas Brot
und stellt Aufschnitt und Schokocreme
auf den Tisch.
Währenddessen bauen die TV-Leute
einen grellen Scheinwerfer auf.
Sie sind offensichtlich aufeinander eingespielt
und alles geht sehr zügig.

Mir fällt auf, dass sie miteinander reden,
als wären wir gar nicht da.
„Stell das Licht ein wenig weiter nach links,
sonst wirft es einen Schatten auf das Mädchen“,
sagt einer.
„Die Mutter muss sich woanders hinsetzen“,
sagt ein anderer.
„Sonst haben wir nur den Hinterkopf drauf.“
Frau Steinfeld ist die Einzige,
die direkt mit uns spricht: „Kim,
magst du ein Stück mit deinem Stuhl rücken?
Frau Lesser, können Sie sich vielleicht
neben Ihre Tochter setzen?“
Ich streiche mir etwas Schokocreme
auf meinen Toast
so wie jeden Morgen.
Aber sogar hier gibt es Anweisungen.
„Schmier mal ein bisschen mehr aufs Brot“,
rät mir Frau Steinfeld,
„damit das leckerer aussieht.“
Genauso bittet sie Mama,
noch eine Scheibe Wurst
auf ihr Brot zu legen.

Papa hat schon gefrühstückt,
aber fürs Fernsehen isst er noch mal
einen Toast.

So sitzen wir drei im Scheinwerferlicht,
schauen einander ratlos an
und kauen unsere Brote.
Frau Steinfeld blättert in einem schmalen
Ringbuch mit schwarzem Einband.
„Kim muss zur Schule“, sagt sie
und schaut dann auf. „Wann gehst du denn
los?“
„Mein Bus kommt um halb acht.“ Ich spreche,
obwohl ich den Mund voll habe.
Jetzt haben sie bestimmt
den ganzen Brot- und Schokocremematsch
in meinem Mund gefilmt!
Ich schwöre mir, mich mehr zusammenzureißen.
„Gehst du gern zur Schule?“, kommt die Frage.
„Es ist schon okay.“
„Bist du gut?“

„Okay.“
„Welches Fach magst du am liebsten?“
Ich brauche nicht lange zu überlegen: „Englisch.“
„Welches findest du überhaupt nicht gut?“
Auch die Frage ist einfach. „Deutsch.“
„Also, Kim.“ Frau Steinfeld legt die Hand
auf meinen Oberarm. „Wir müssen hier kurz
was klarstellen und das gilt für die gesamte
Familie. Für das Fernsehen ist es ganz wichtig,
dass wir in ganzen Sätzen reden.
Keine Ein-Wort-Antworten.
Sonst kommt der Zuschauer nicht mit.
Verstehst du das?“ Ich bin mir nicht so sicher.
Ich sage trotzdem Ja,
aus Angst, blöd rüberzukommen.
Schließlich werden wir ja gerade
von lauter Fremden beobachtet!
„Sollen wir das noch mal probieren?“,
sagt Frau Steinfeld.
Ich nicke.
„Super! Also, welches Fach magst du
am liebsten?“
„Englisch … mag ich am liebsten.“

Frau Steinfeld grinst und streckt
einen Daumen hoch.
Dabei fällt mir auf, dass sie nicht
von der Kamera aufgenommen wird, nur wir.
„Und welches Fach findest du so richtig übel?“
„Bei Deutsch kriege ich das Kotzen“, sage ich
und finde das in dem Moment ziemlich cool.
Mama protestiert: „Aber bitte!“
„Bitte unterbrechen Sie das Gespräch nicht,
Frau Lesser. Kim kann ruhig etwas
lockerer reden, wenn sie will.
Sie ist doch ein pfiffiges Mädchen.“
Frau Steinfeld wendet sich an Papa.
„Herr Lesser,
wie finden Sie das?“
Papa sieht so aus, wie ich mich fühle:
total durcheinander.
„Ich möchte nicht,
dass meine Tochter so spricht.“
„Nein“, lacht Frau Steinfeld. „Wie finden Sie,
dass Ihre Tochter nicht gerne
in den Unterricht geht?“
„Ich finde, sie sollte sich mehr anstrengen.“

„Möchten Sie ihr das kurz sagen?
Zeigen Sie doch einfach mal,
dass Ihnen die Zukunft Ihrer Tochter
wichtig ist.“
Papa macht dieses blöde Spiel tatsächlich mit.
Mit einem ganz leeren Gesichtsausdruck
dreht er sich zu mir und sagt: „Also, Kim,
ich finde, du solltest dich ein bisschen mehr
in der Schule anstrengen.
Deutsch ist ein wichtiges Fach.
Du musst später Bewerbungen schreiben,
und die müssen perfekt sein.“
„Super!“, sagt Frau Steinfeld
wie zu einem Kindergartenkind.
Ich sitze da und bringe keinen Ton heraus,
so schockiert bin ich von diesem ganzen Theater.
Frau Steinfeld fragt Papa,
ob er nicht später zum Arbeitsamt müsse.
Papa sagt, dass er keinen Termin habe.
Er hat heute überhaupt keine Termine,

weil er sich den Tag für das Fernsehen
freigehalten hat.
„Das klären wir später“, sagt Frau Steinfeld,

zückt einen Kugelschreiber
und schreibt etwas in ihr Ringbuch.
„Vielleicht sollte Kim sich jetzt fertig machen“,
sagt sie und guckt Papa auffordernd an.
„Kim, mach dich fertig“,
befiehlt Papa folgsam.
Ich kann es nicht fassen. Er ist so anders
als sonst und das macht mich wütend.
„Tickst du noch richtig?“, zische ich ihm zu
und verschwinde in mein Zimmer.
Meine Eltern sind immer noch in der Küche,
als ich wieder rauskomme. Kamera
und Scheinwerfer halten aber auf mich,
während ich im Flur meine Schuhe
anziehe.

Frau Steinfeld legt meinen Eltern
einige Blätter Papier auf den Tisch.
Das ist der Vertrag,
höre ich aus dem Gespräch heraus.
Mama und Papa stecken die Köpfe zusammen

und versuchen, ihn in Ruhe zu lesen,
aber Frau Steinfeld redet ununterbrochen.
„Das ist unser üblicher Standardvertrag.
Es steht dort nur drin, wofür Sie
das ganze Geld bekommen. Sie arbeiten mit uns,
wir dürfen eine Sendung über Sie machen.
Außerdem kommen Sie nicht hinterher zu uns
und verlangen noch mehr Geld
aus irgendeinem Grund.“
Sie legt meinen Eltern einen Kugelschreiber hin.
„Wann kommt denn der Sozialpädagoge?“,
fragt Mama.
Verdammt, den hatte ich tatsächlich vergessen!
Wo bleibt dieser Typ,
der uns angeblich helfen kann?
„Herr Behrens kommt irgendwann gleich“,
antwortet Frau Steinfeld.
„Am besten unterschreiben Sie den Vertrag
sofort.
Dann haben wir nachher mehr Zeit,

wenn Herr Behrens da ist,
und müssen uns nicht lange
mit diesen lästigen Formalien plagen!“

Ich gehe raus und mache die Tür zu.
Im Flur atme ich erst einmal richtig durch.
Was war das denn gerade? Es fühlte sich
total unwirklich an. Wie ein Überfall.
Aber jetzt muss ich an die Schule denken.
Wegen der ganzen Aufregung habe ich
meine Hausaufgaben nicht gemacht.
Dann muss ich sie jetzt wohl im Bus erledigen.
Ich versuche also,
meinen Kopf auf Mathe zu schalten:
Seite 31, Aufgabe 2a) bis e).

Flynn treffe ich erst in der ersten großen Pause.
Er kommt direkt auf mich zu und drückt mich.
„Ich habe was für dich“, sagt er und grinst.
Aus der Innentasche seiner Jacke
holt er eine große Sonnenbrille
mit quietschgelbem Rand heraus. Sie sieht
total übertrieben aus, vollkommen lächerlich
und gerade deshalb wahnsinnig gut.
Flynn setzt sie mir auf und sagt:

„Damit man dich auf der Straße
nicht wiedererkennt.
Die hält dir die Fans vom Hals.“
Wir müssen beide lachen.
Ich habe zwar keinen Spiegel da, aber ich sehe
entweder vollkommen bescheuert aus oder
supercool.
Flynn grinst mich immer noch breit an.
„Ich habe noch was.“
Er fischt einen Brief aus seiner Hosentasche.
Ich falte ihn auseinander und lese.
„Du willst mein Leibwächter werden?“
„Personenschutz ist wichtig heutzutage!
Was, wenn du entführt wirst …?“
„Aber du kannst dich
doch nicht mal selbst verteidigen!“
Das ist als Witz gemeint,
aber ein bisschen Wahrheit ist dran.
Flynn ist nämlich ziemlich dünn.
„Heißt das, ich bin gefeuert?“

„Du bist noch nicht einmal eingestellt“, sage ich.
„Und wie sollte ich dich überhaupt bezahlen?“
„Mit Hausaufgaben?“

„Vielleicht", kichere ich und umarme ihn.
„Ach, Flynn. Ich weiß gar nicht,
wie ich diesen Tag überstehen soll."
Ich erzähle ihm von heute Morgen und davon,
wie unangenehm es vor der Kamera war.
Inzwischen finde ich
Frau Steinfeld ziemlich ätzend.
Sie lächelt oft, aber ich habe das Gefühl,
dass das Lächeln nur eine Maske ist.
Und dass sie ihren Job möglichst schnell
hinter sich bringen will.
„Der Sozialtyp heißt Behrens
und ist auch noch nicht aufgekreuzt",
erzähle ich.
„Er liegt bestimmt noch im Bett."
„Genau. Sein Team besucht uns in aller Frühe,
während er schön ausschläft
und noch ein bisschen an sich rumspielt."
„Das alles klingt wirklich nicht so prall",
sagt Flynn.
„Denk dran, dass du immer zu mir kommen
kannst, wenn du keinen Bock mehr hast."
Die Pause ist vorbei. Mein Leibwächter

geleitet mich sicher zu meinem Klassenzimmer,
bahnt mir den Weg durch Gruppen von Schülern.
Er ruft: „Achtung, bitte!
Macht Platz für Fräulein Lesser.
Neben ihr sind wir nur niederes Gewürm."
Ich folge ihm und versuche,
mit meiner Sonnenbrille
so eingebildet wie möglich auszusehen.
Wir schaffen es bis zur Treppe,
dann lachen wir uns nur noch kaputt.

Flynn konnte mich ein bisschen ablenken.
Doch je mehr Zeit verstreicht,
desto nervöser werde ich. Ich freue mich
so wenig auf den Nachmittag mit *Idee TV*
wie auf einen Zahnarztbesuch.
Aber ich kann meine Eltern doch nicht
im Stich lassen und so stehe ich später

wieder vor unserem Haus.
Auf den Stufen zur Haustür sitzt eine junge Frau
aus dem TV-Team und raucht eine Zigarette.

Ich vermute, sie ist neunzehn oder zwanzig.
Sie guckt mich an und lächelt.
Ich spüre sofort, dass ihr Lächeln ehrlich ist.
„Pause?“, frage ich sie.
Sie nickt und rückt ein wenig zur Seite,
damit ich mich neben sie setzen kann.
Das finde ich nett.
Sie fängt sofort an, mit mir zu quatschen.
„Auf welche Schule gehst du?“
„Elisabeth-Selbert. Und was machst du genau
fürs Fernsehen?“
„Na ja“, sagt sie.
„Eigentlich studiere ich Medienwissenschaften.“
„Also Fernsehen und so?“
„Nein, alle Medien. Auch Zeitung,
Internet, Radio.“
„Und was machst du dann hier?“
Sie zuckt mit den Schultern. „Praktikum.“
„Also guckst du hier,
wie Fernsehmachen so funktioniert.“
Sie lacht. „Ja, so ungefähr. Ich helfe überall
ein bisschen mit.“
„Macht dir das Spaß?“

Sie wiegt den Kopf hin und her.
„Ja … manchmal schon. Man verdient
als Praktikantin halt so wenig."
Ich bin überrascht. „Ich dachte immer,
beim Fernsehen verdient man viel."
Sie lacht, aber diesmal klingt sie etwas bitter.
„Frau Steinfeld ist wohl keine Praktikantin",
sage ich. „Sie führt sich ziemlich bossig auf."
Sie schüttelt ihren Kopf. „Nein,
sie ist Redakteurin."
„Willst du später weiter für das Fernsehen
arbeiten?", frage ich.
Sie wirft die Zigarette auf den Boden
und zerdrückt sie mit dem Schuh.
„Vielleicht, aber nicht an so etwas wie hier."
Sie steht auf. „Gehen wir hoch?"
Ich folge ihr.
Als wir in unserem Stockwerk ankommen,
steht einer vom Fernsehteam
in der offenen Wohnungstür.

Er dreht sich zu uns um und legt den Zeigefinger
an die Lippen. „Ruhig, bitte", flüstert er.
„Wir drehen gerade."

Ich schleiche an ihm vorbei
und schaue vom Flur aus
in unser Wohnzimmer.

Da sitzt er also, der Herr Behrens,
auf einem Sessel gegenüber von Mama
und Papa.
Herr Behrens hat braune,
sehr kurz geschnittene Haare und dunkle Augen,
die nah aneinander liegen und ihn dadurch
sehr ernst wirken lassen. Auch er ist
wie direkt aus einem Katalog gezaubert:
auf alt gemachte Jeans, dazu ein weinrotes Hemd
mit hochgekrempelten Ärmeln und ein Halstuch.
Behrens beugt sich ganz weit
zu meinen Eltern vor.
Er macht entschlossene Bewegungen
mit den Händen,
während er spricht.
„Du musst alles versuchen, Matthias“,
sagt er zu Papa. „Jeder Tag ist wertvoll.
Mensch!“
Sein Blick ist irgendwo zwischen besorgt

und sauer. „Du hast eine Familie,
für die du verantwortlich bist.“
Herr Behrens redet und bewegt sich irgendwie
künstlich, als hätte er vorher lange geübt.
Er redet Papa so richtig ins Gewissen.
Ich frage mich, ob mein Vater wirklich nicht
alles versucht, um wieder einen Job zu kriegen.
Dann ist Herr Behrens fertig. Frau Steinfeld,
die in der Ecke steht, nickt ihm zu und sagt,
dass ‚die Tochter‘ da sei.
Herr Behrens steht auf, wischt sich die Hände
an der Hose ab und kommt auf mich zu.
Er schüttelt mir die Hand und lächelt. „Hallo Kim,
freut mich. Nenn mich doch bitte Bernd.“
„Moment, warte“, ruft Frau Steinfeld
und befiehlt dem Kameramann, uns zu filmen.
Ich muss meine Sachen ablegen,
dann begrüßt mich Bernd noch mal.
Frau Steinfeld fragt mich, ob ich nicht irgendwas
sagen kann, wie: „Ich bin so froh, dass Sie
 gekommen sind, um meiner Familie zu helfen.“
Eine Sekunde später höre ich mich tatsächlich
diesen furchtbaren Satz aufsagen.

Bernd legt seine Hand ganz schwülstig
auf meine Schulter. „Liebe Kim,
ich kann euch nur den Weg zeigen.
Ihr müsst ihn selber gehen,
und zwar gemeinsam."
Vergiss Deutsch, denke ich. Die Kotze kommt mir
bei Bernd Behrens.
Aber viel Zeit bleibt nicht, um mich aufzuregen.
Frau Steinfeld schiebt mich sanft in mein Zimmer
und befiehlt Kamera und Licht, uns zu folgen.
„Wir haben uns gedacht, dass du was
auf deinem Keyboard vorspielen könntest."
Ich fasse es nicht.
Genau davon hatte Flynn gesprochen!
Hier ist also meine Chance,
im Fernsehen mehr zu sein als die ohne Knete.
Ich musste nicht einmal tricksen, um sie
zu bekommen. Während die Fernsehleute
ihre Sachen in meinem Zimmer aufbauen,
habe ich einen Augenblick mit Mama allein.
„Wie lief es, während ich weg war?", frage ich.
„Sie waren viel mit Papa unterwegs.
Sie waren beim Arbeitsamt und in der Kneipe."

„In der Kneipe?“
Papa geht so gut wie nie in die Kneipe.
Da ruft schon Frau Steinfeld nach mir.
In meinem Zimmer ist es eng
mit all den Fernsehleuten.
Einer vom Team stellt das Keyboard
direkt vor ein Poster von *Pink*.
Bernd steht in der Tür und zwinkert mir zu.
Ich schalte das Instrument ein.
„Es ist kein so tolles Keyboard“,
sage ich entschuldigend.
„Was willst du spielen?“, fragt Frau Steinfeld.
„Was von *Muse*.“
Frau Steinfeld weist Bernd an,
sich neben mich an das Keyboard zu stellen.
Bernd fragt: „Was bedeutet dieses Instrument
für dich?“
„Alles“, sage ich.
Das stimmt auch. Wenn ich darauf spiele
und alles klappt, komme ich in Stimmung,

und das ist das beste Gefühl der Welt.
Es fühlt sich an, als wäre ich frisch verliebt.
„Ist diese Zeit jetzt schlimm für dich?

Macht das Keyboardspielen dein Leben
einfacher?“
Ich gucke Bernd ziemlich erstaunt an.
So meinte ich das überhaupt nicht.
„Ich spiele dann mal“, sage ich leise.
„Okay“, sagte er und grinst. „Dann rock
das Haus!“
Als ich meine Hände auf die Tasten lege,
merke ich, dass sie zittern. Mir wird bewusst,
dass die Kamera meine Finger filmt.
Mir ist das unangenehm,
weil ich ganz hässlich abgekaute Fingernägel
habe.
Aber jetzt gibt es kein Zurück.
Ich spiele und mache sofort einen Fehler.
„Entschuldigung“, sage ich.
„Kein Problem“, sagt Frau Steinfeld.
„Gleich noch mal.“
Auch beim zweiten Anlauf will es nicht klappen.
Das Licht scheint so grell auf mich.
Meine Finger fühlen sich taub an.
Am schlimmsten ist aber,
dass mein Kopf nicht funktioniert.

Beim Spielen muss man im Augenblick sein,
aber immer auch an die nächste Bewegung
denken. Man muss sich konzentrieren.
Ich kriege es einfach nicht hin.
Ich fange noch mal an und stolpere mich
irgendwie durch das Stück.
Dann ein weiteres Mal,
ein wenig flüssiger und fehlerfrei. Nicht gut,
aber okay. Während der ganzen Zeit
habe ich auf mein Keyboard gestiert.
Jetzt sehe ich endlich hoch.
Frau Steinfeld und die anderen vom Team
gucken total entgeistert und gefühlstot.
Nur Bernd hat so einen mitleidigen,
gekünstelten Blick.
Er schiebt sich mit mir an den anderen vorbei.
Wir setzen uns auf die Bettkante. Er fragt mich,
ob ich davon träume, ein Star zu werden.
„Ja“, antworte ich, doch Frau Steinfeld
erinnert mich daran, in längeren Sätzen zu reden.

In diesem Moment wird mir alles zu viel:
die Aufregung, die ganzen Fehler beim Spielen,
die Fremden und die Kamera.

Tränen steigen mir in die Augen.
„Ich träume manchmal davon,
mit Musik mein Geld zu verdienen“,
sage ich.
Jetzt nimmt mich Bernd in den Arm.
Es fühlt sich gut an,
aber ich bin auch so verwirrt. Ich weiß nicht,
ob ich ihm danken oder ihn hassen soll.
Er schaut mir tief in die Augen.
„Ich sag dir was, Kim. Halte an diesem Traum
fest, es ist ein guter Traum.
Aber für viele Leute bleibt es ein Traum.
Darum darfst du die Schule nicht aufgeben.
Ein gutes Zeugnis kann dich sehr weit bringen.
Wenn du die Schule packst,
ist dir ein guter Job so gut wie sicher.“
Erst als das Team mein Zimmer verlässt,
habe ich etwas Zeit, um über Bernds Worte
nachzudenken.
Natürlich ist ein gutes Zeugnis besser
für meine Zukunft als ein schlechtes.
Mama und Papa waren aber gut in der Schule.
Einen Job haben sie gerade trotzdem nicht.

Vielleicht machen meine Eltern irgendetwas
falsch?
Vielleicht ist Bernd auch nur ein
dummer Schwätzer?
Ich bin total durcheinander. Nur eines weiß ich:
Je schneller dieser Tag vorbei ist, desto besser.
Im Wohnzimmer wird weiter für die Sendung
gedreht.
Ohne Pause reihen sie eine Szene an die nächste.
Frau Steinfeld gibt Befehle wie bei der Armee.
Ihr Team, Bernd und meine Eltern stehen
unter ihrem Kommando.

Für eine halbe Stunde bin ich allein
in meinem Zimmer. Ich weine leise.
Es ist erst kurz vor vier
und ich bin schon total fertig.
Da kommt Frau Steinfeld in mein Zimmer,
ohne anzuklopfen. Sie will,
dass wir uns alle im Wohnzimmer versammeln.
„So“, sagt sie etwas müde, als wir drei

uns hinsetzen. „Wir haben bisher
gutes Material.
Sie wollten uns zeigen, wie Ihr Leben ist,
und wie Sie kämpfen. Sie geben uns
einen guten Einblick."
„Wirklich?", ruft Mama dazwischen.
Keiner von uns kann einschätzen,
ob das, was die Fernsehleute filmen,
für eine gute Sendung taugt.
„Ich finde, Sie machen das toll",
sagt Frau Steinfeld, „aber es fehlen noch
ein paar Sachen."
Sie wedelt mit ihrem schwarzen Ringbuch.
„Sie haben bei unserem Vortreffen erzählt,
dass es manchmal zu Spannungen kommt.
Wie sieht so etwas aus?"
„Na ja, wir sind halt etwas genervt", sagt Papa.
„Worüber?", fragt Frau Steinfeld. Sie schaut
Mama und mich an. „Sie sagten damals,
Sie streiten sich manchmal wegen der Schule."
Mama nickt. „Das stimmt."
„Kim hat ihre Hausaufgaben noch nicht
gemacht", sagt Frau Steinfeld.

Ich schüttle den Kopf. „Wie auch?“
„Frau Lesser, wie sieht das aus,
wenn Sie Ihre Tochter dazu bringen wollen,
die Hausaufgaben zu machen?“
Meine Mutter guckt nur verdutzt.
„Können Sie uns das vormachen?“,
hakt Frau Steinfeld nach.
Ich schaue mir die anderen Leute
aus dem Team an.
Allen scheint dieser Moment peinlich zu sein.
Die Kamera hält auf uns drauf, nimmt alles auf.
Da fragt mich Mama unsicher,
ob ich die Hausaufgaben gemacht habe.
„Nein!“, antworte ich. „Ich hatte keine Zeit.
Vielleicht hast du bemerkt,
dass wir den ganzen Tag das Fernsehen
im Haus haben.“
Frau Steinfeld stöhnt auf. Ihr Gesicht wird
sofort streng. „So geht das nicht, Kim.
Wir machen das noch mal.“

Mama fragt: „Kim, hast du
deine Hausaufgaben schon gemacht?“
Papa guckt verschämt weg.

Jetzt habe ich echt keinen Bock mehr.
„Bernd hat mich nicht gelassen."
„Kim, jetzt reiß dich bitte zusammen",
schimpft Frau Steinfeld,
doch Papa fährt ihr dazwischen.
„Ich finde, das geht zu weit", sagt er.
„Wir können über unsere Probleme sprechen,
aber wir spielen hier keinen Streit vor."
„Es ist ja kein Spielen", sagt Bernd.
„Sie zeigen uns ja immer noch,
wie Ihr Leben aussieht."
Papa wedelt mit der Hand. „Wir machen
das nicht mit."
Frau Steinfeld ist jetzt wirklich ungeduldig.
Sie sagt, dass die Szene gebraucht wird
und zu der Arbeit mit dem Team gehört.
Sie sagt, dass die Sendung nicht klappt,
wenn wir nicht alle Seiten unseres Lebens
zeigen.
Doch Papa bleibt stur.
Frau Steinfeld probiert es
mit einer höflichen Bitte,
dann fordert sie auf einmal wieder streng.

Papa verschränkt die Arme. „Auf keinen Fall“, sagt er immer wieder.

Frau Steinfeld schaut ihn einige Sekunden lang an.
Ihr Blick ist hart und zornig.
Zum ersten Mal scheint sie uns ihre wahren Gefühle zu zeigen. Das macht mir Angst.
Und jetzt kommt der Hammer: „Sie wissen, dass Sie einen Vertrag unterschrieben haben“, sagt sie in einem fiesen, kalten Ton.
„Sie haben uns versichert,
dass Sie unseren Anweisungen folgen.“
„Im Vertrag stand nichts darüber, dass wir uns zum Affen machen“, sagt Papa böse.
„Sie wollen doch Ihre achthundert Euro.
Wenn Sie nicht mitmachen, kriegen Sie nicht nur kein Geld von uns; wegen der abgebrochenen Sendung müssen wir außerdem Ersatz fordern.
Das können locker fünftausend Euro werden.“
Ich gucke Papa an.

Sein Kopf ist ganz rot angelaufen.
Er sagt nichts.
Fünftausend Euro! Ich weiß gar nicht,
wie wir die zusammenkriegen sollten.
Schulden würden uns ja nur noch tiefer reinreiten.
„Das machen Sie nicht“, sagt Papa.
„Sie verklagen uns nicht wegen so was.“
Jetzt mischt sich Bernd ein.
„Das will hier doch niemand“, sagt er.
„Aber wenn wir den Dreh abbrechen,
ohne eine Sendung zu haben,
wird unser Chef uns fertigmachen,
weil wir hier Geld verschwenden.
Der wird Sie dann vor Gericht bringen müssen,
um einen Verlust zu vermeiden.“ Er lächelt.
„Seien wir doch vernünftig, Herr Lesser.
Wir wollen doch niemanden zum Affen machen.
Wir wollen den Leuten da draußen nur zeigen,
womit eine Familie wie Ihre kämpft. Wir wollen,
dass man sieht, wie schwer Sie es haben.
Das erhöht auch die Chance,
dass sich jemand meldet, der Ihnen helfen will.
Wir wollen alle nur das Beste!“

In der Tür zum Flur sehe ich die Praktikantin, mit der ich vorhin gesprochen habe. Sie vermeidet, mir in die Augen zu schauen, und dreht sich halb weg von uns. Sie sieht aus, als wollte sie sich vor Scham in Luft auflösen.
„Okay“, sagt Papa. Traurig nickt er Mama zu. „Wir filmen das jetzt noch mal, dann haben wir es hinter uns.“
„Hast du denn die Hausaufgaben schon gemacht?“, fragt Mama.
Frau Steinfeld gibt mir ein Zeichen. Diese Hexe! Ich bin einfach nur wütend. Wieder habe ich Tränen in den Augen. „Ihr könnt mich“, flüstere ich.
„Bitte?“, fragt Frau Steinfeld.
„Ihr könnt mich mit eurer Scheiße!“, schreie ich sie an, stehe auf und stürze in mein Zimmer. Ich knalle die Tür hinter mir zu, werfe mich aufs Bett, vergrabe mein Gesicht im Kissen und brülle vor Wut hinein.
Wäre dieser Tag doch endlich vorbei!

Im Wohnzimmer wird diskutiert, aber ich kann
kein Wort verstehen. Dann klopft Mama
an die Tür.
„Kim, bitte mach deine Hausaufgaben."
Sie spielt also ihre Rolle für *Idee TV*.
„Lass mich in Ruhe!", brülle ich.
Aber ich bin gar nicht mal sauer auf sie.
Wir werden an diesem Tag entweder
achthundert Euro verdienen
oder müssen fünftausend Euro blechen.
Deswegen knicken meine Eltern ein,
und die schreckliche Frau Steinfeld,
der schleimige Bernd Behrens und diese
anderen Leute bekommen, was sie wollen.
Aber vielleicht sind Mama und Papa
auch nur vernünftiger als ich?
Vielleicht wird die Sendung gut
und uns wird geholfen,
wenn wir brav sind und mitmachen?
„Öffnen Sie bitte die Tür", höre ich
Frau Steinfeld.
Die Tür geht auf.
Ich sehe Mama und die Kamera.

„Beruhige dich doch bitte“, sagt Mama.
Ich gucke sie stumm
und mit verweinten Augen an.
Die Kamera nimmt alles auf.
„Okay“, sagt Frau Steinfeld,
und die Tür geht wieder zu.
Das ist wie eine Geiselnahme, und ich halte es
kaum aus. Langsam kriege ich Kopfschmerzen.
Idee TV hat mich total alle gemacht.
Ich krieche unter meine Decke
und schließe die Augen. Mein Kopf dröhnt.
Wenn ich so Kopfweh habe, gibt mir Mama
manchmal eine Tablette.
Ich traue mich aber nicht,
hinauszugehen und sie um eine zu bitten.
Das macht mich wieder wütend.
Warum lasse ich mich zur Gefangenen
in meinem eigenen Zimmer machen?
Ich gehe also in den Flur und sehe Papa
auf dem Sofa im Wohnzimmer.
Licht und Kamera sind auf ihn gerichtet.
Vor ihm steht eine Flasche Bier.
Kurz entschlossen ziehe ich mir Jacke

und Schuhe an, schließe die Tür auf
und verlasse die Wohnung.
Ich will hier raus. Ich will zu Flynn.

Draußen ist es noch hell. Niemand hält mich auf,
während ich zur Bushaltestelle gehe.
Das Alleinsein tut gut.
Ich musste einfach abhauen, aber nicht nur,
weil ich die Typen vom Fernsehen nicht mehr
ertragen konnte.
Wäre ich länger geblieben, hätte ich mich
nicht mehr unter Kontrolle gehabt.
Dann hätten Frau Steinfeld
und diese anderen Monster
nur noch mehr Futter bekommen,
noch mehr peinliche Szenen für ihre Show.
Schon im Bus geht es meinem Kopf besser.
Ich werde von Flynn aus meine Eltern anrufen
und sagen, dass ich bei ihm übernachte.

Das habe ich schon mal gemacht
und es war kein Problem.

Meine Eltern müssen es heute
einfach akzeptieren, dass ich nicht vorher
um Erlaubnis gefragt habe.
Bei Flynn heule ich mich aus.
Ich bin so durcheinander, dass ich ihm erst
kaum erklären kann, was passiert ist.
Er holt mir eine Schüssel Schokoladeneis.
Während ich langsam das Eis esse,
kann ich allmählich wieder sprechen.
Ich erzähle ihm alles, von dem Moment an,
als ich nach der Schule wieder
in der Wohnung war,
bis zu meiner Flucht.
„Diese Schweine“, schimpft Flynn.
„Haben sie gesagt, was für eine Sendung es wird?“
„Nein, gar nicht.
Nach einer schicken Politiksendung
sah das alles nicht aus.“
„Wie heißt noch mal der Typ,
der euch helfen soll?“
„Bernd Behrens. Der war echt so übel
wie sein Name.“
„Komm, wir googeln den mal“, sagt Flynn.

Er tippt auf seinem Computer den Namen ein
und geht auf ‚Bildersuche'.
Auf dem ersten Foto erkenne ich ihn schon.
„Ja, das ist er!" Wir gucken uns
ein paar Webseiten an. Bernd Behrens hat
wirklich Sozialpädagogik studiert,
an der Universität in Köln.
Er hat auch schon Fernsehsendungen gehabt.
Aber diese Sendungen hatten gar nichts
damit zu tun, Leuten zu helfen – im Gegenteil.
„Gewinnspiele?" Flynn ist schockiert.
Jawohl, Gewinnspiele:
Rufen Sie an und nennen uns ein Tier mit ‚K'!
Wie viele Quadrate sind auf diesem Bild?
Der Anruf kostet fünf Euro!
Solchen Blödsinn hat Behrens gemacht.
Wir suchen weiter, finden aber
keine anderen Informationen. Na toll,
denke ich.
Gewinnspiele sind ja nun wirklich
unterste Schublade.
Wahrscheinlich ist die Sendung,
die er mit *Idee TV* macht, sogar noch

ein Aufstieg für Bernd Behrens. Jetzt hockt er
bei meinen Eltern und spielt den Heiligen.
Flynn seufzt. „Ich habe da
ein ganz mieses Gefühl."
„Du sagst es."

Am Samstagnachmittag treffe ich meine Eltern
zu Hause. Ohne Frau Steinfeld, Bernd
und den Rest der Bande fühlt sich die Wohnung
friedlich an.
Mama und Papa nehmen mir die Flucht
gar nicht so übel.
„Vergessen wir die Sache", sagt Papa.
Dieser Spruch scheint
für den gesamten gestrigen Tag zu gelten.
Als ich ihn auf das Fernsehen anspreche,
winkt er ab. Mama reagiert gar nicht.
Auch bei meinem zweiten Anlauf
wollen sie nicht darüber reden. Uns allen
steckt noch der Schock in den Knochen.
Vielleicht brauchen wir Ruhe und Abstand.

Vielleicht gibt es auch nichts zu reden.
Wir sprechen nicht mehr über *Idee TV*,
weder am nächsten noch am übernächsten Tag.
Nur einmal erwähnt Papa,
dass wir die achthundert Euro
überwiesen bekommen haben.

Bald fühlt sich alles wieder normal an.
Es sind nur noch zwei Wochen,
bis die Sommerferien beginnen. Selbst die Lehrer
haben keine Lust mehr auf Schule,
was den Unterricht ziemlich entspannt macht.
Obwohl Flynn und ich normalerweise
nicht so oft draußen sind, packt uns plötzlich
das Schwimmfieber. Wir fahren fast jeden Tag
mit dem Rad zum Baggersee.
Es ist eine schöne Zeit.
Der Besuch von *Idee TV* wird immer unwirklicher,
wie ein schlechter Traum.

Dann ist das Schuljahr vorbei.
Mein Zeugnis ist okay. Mama und Papa machen keinen Stress wegen der Noten.
Ich überlege, was ich mit meinem Sommer anfange.
Es klingt komisch, aber wenn man nicht in den Urlaub fährt, fühlen sich sechs Wochen ohne Schule nach viel Zeit an.
Das habe ich letztes Jahr gemerkt.
Vielleicht gründe ich ja eine Band.
Dazu müsste ich nur die richtigen Leute finden.

In der ersten Ferienwoche holt uns dann die Wirklichkeit ein.
Am Dienstagabend ruft Flynn an.
Ich habe den ganzen Tag lang rumgehangen und bin eigentlich gut drauf. An Flynns ‚Hallo' merke ich jedoch, dass etwas nicht stimmt.
„Ihr seid morgen im Fernsehen", erzählt er.
Diese Nachricht trifft mich wie ein Tritt

in den Bauch. Ich muss mich hinsetzen.
Plötzlich sind die ganzen schlimmen Erinnerungen wieder da. Die coolen letzten Wochen sind futsch.

„Woher weißt du das?“, frage ich.
Meine Stimme zittert. Ich habe Tränen
in den Augen.
„Niko hat das auf Facebook geschrieben.
Heute war wohl eine Vorschau. Alle sind
ganz aufgeregt.“
Auf Facebook gehen ist das Letzte,
was ich jetzt möchte. Ich kann mir
sehr genau vorstellen, wie blöd die Kommentare
der anderen dort sind.
Um 15 Uhr kommt die Sendung, sagt Flynn,
und sie heißt *Abgestürzt!*,
mit einem Ausrufezeichen.
„Niko meint, du hättest rumgeschrien.“
Mir wird ganz schlecht. Ich weiß nicht,
ob ich die Kraft habe,
mir die Sendung anzusehen.
Alle werden darüber sprechen.
Ich muss *Abgestürzt!* gucken,
nur um zu wissen, wie schrecklich es ist.
Ich muss mich auf die Sprüche
der anderen vorbereiten.
Unsere Familie sehe ich jetzt plötzlich

in einer Reihe mit den ganzen Idioten,
über die ich mich sonst selbst lustig mache.
Ich verabschiede mich von Flynn,
gehe in mein Zimmer und heule
in mein Kissen.
Mama und Papa kommen beide zu mir.
Sie haben mitgekriegt, dass etwas nicht stimmt.
Mama legt eine Hand auf meine Schulter.
Was mit mir los sei, wollen sie wissen.
Am liebsten würde ich es ihnen gar nicht sagen.
Ich weiß, dass sie genauso viel Angst
vor der Sendung haben wie ich.
Ich muss mich zusammenreißen,
als ich antworte:
„Wir sind morgen um drei im Fernsehen.
Es gab schon eine Vorschau.
Im Internet lästern sie alle über mich!“
Die letzten Worte kriege ich vor lauter
Schluchzen kaum heraus.
Meine Eltern schweigen lange.

Mama hat ihre Hand von meiner Schulter
genommen.
Papa ist der Erste, der etwas sagt:

„Ich hatte gehofft,
dass dieser Moment nicht kommt."
„Ich will das gar nicht sehen", sagt Mama.
Papa seufzt. „Wir müssen da als Familie durch.
Wir werden die Sendung zusammen sehen
und zusammen überstehen, egal wie sie wird."

Am nächsten Tag sitzen wir zu dritt
vor dem Fernseher, Papa links, Mama rechts
von mir.
Es sind noch zehn Minuten bis *Abgestürzt!*
Ich fühle mich, als wären wir
in einem Krankenhaus im Wartezimmer
und warteten auf die schlechte Nachricht.
Im Moment läuft noch eine Gerichtsshow.
Die Schwester eines Zuhälters erzählt,
dass sie für ihn anschaffen musste.
Sie heult, ihr Bruder brüllt rum
und dann schreien die Anwälte auch.
Als ich jünger war, dachte ich,
diese Geschichten seien echt.

Inzwischen weiß ich, dass wir uns gerade
ganz miese Schauspieler angucken.
„Das ist unterirdisch schlecht“, stöhnt Papa.
„Willkommen im Nachmittagsprogramm“,
sage ich.
Der Zuhälter bekommt vier Jahre Knast,
seine Schwester eine Therapie.
Ich zittere vor Aufregung.
Dann, auf einmal, sind wir drei im Fernsehen.
Es ist vollkommen unwirklich.
Ich sehe im Fernsehen anders aus,
als ich es mir vorgestellt habe, irgendwie dicker
und kaputt. Da erinnere ich mich wieder,
dass ich an diesem Tag die ganze Zeit müde war.
Ich hatte doch so schlecht geschlafen.
Im Fernsehen sitzen wir zu dritt
in unserer kleinen Küche. Die Stühle stehen
so eng beieinander, dass es unbequem aussieht.
„Das ist Familie Lesser“, sagt eine Männerstimme.
„Matthias, seine Frau Anke

und seine Tochter Kim.“
Wir sehen jeden von uns in Nahaufnahme.
Im Hintergrund dudelt billige Rockmusik.

Der Sprecher fährt fort: „Matthias ist
Mechaniker und hat vor zwei Jahren
seinen Job verloren."
„Die Firma ist pleite gegangen",
sagt Papa aufgebracht.
Ich kann mich nur schlecht
auf den Sprecher konzentrieren.
In meiner Vorstellung lachen sich die Leute
aus meiner Klasse gerade kaputt
über mein halb geschminktes Morgengesicht.
Dann spricht der Mann über mich:
„Kim wünscht sich ein besseres Leben
als das ihrer Eltern.
Doch mit der Schule will es nicht klappen."
„Ihr könnt mich mit eurer Scheiße!",
kreischt die Fernseh-Kim und rennt
in mein Zimmer.
„Was?", schreie ich. Ich bin entsetzt.
Ausgerechnet diese Szene wird gezeigt!
Mama nimmt meine Hand.
Jetzt ist Bernd im Bild. Er hält Mama im Arm.
„Kann Sozialpädagoge Bernd Behrens
dieser Familie helfen?" Die Musik ändert sich.

Ich höre nur Gitarren, Schlagzeug und Bass.
Wir sehen irgendwelche fremden Menschen
in schlimmen Situationen: eine Frau, die weint,
zwei Jungen, die sich prügeln,
einen Mann, der wütend schimpft.
Jetzt singt jemand zu der Musik.
Es sind nur ein paar Zeilen:
Wo fing das an? Was ist passiert?
Was hat dich bloß so ruiniert? Mit dem letzten
Wort wird der Name
der Sendung fett eingeblendet: *Abgestürzt!*
Neben der Schrift sehen wir das Schleimgrinsen
von Bernd Behrens.
Es gibt keinen Zweifel mehr:
Das ist eine Sendung direkt aus der Hölle.

Abgestürzt! geht anders weiter, als ich dachte.
Ich hatte erwartet,
uns jetzt morgens im Treppenhaus zu sehen,
oder kurz darauf beim Frühstück.
Stattdessen gibt es ein paar Minuten Bernd.

Er ist in seinem Büro und liest einen ‚Hilferuf',
so der Sprecher, auf seinem PC.
Angeblich handelt es sich um eine E-Mail
von Mama.
„Wir kommen aus diesem Loch
nicht mehr heraus",
liest Bernd vor. „Bitte helfen Sie uns,
Herr Behrens." Die Musik dazu ist traurig
und furchtbar kitschig.
Jetzt ist es Mama, die schreit:
„Das ist alles nicht wahr!
Ich kannte diesen Affen doch nicht mal."
Wir sehen Bernd in einem Cabrio.
Er ist wohl auf dem Weg zu uns.
Ein Pappbecher mit Kaffee
steckt in seinem Getränkehalter.
„Wir befinden uns wirtschaftlich
in einer schwierigen Zeit", ruft er
gegen den Fahrtwind. „Alle müssen kämpfen.
Ich glaube aber, dass jeder eine Chance
auf ein gutes Leben hat.
Man muss nur kämpfen.
Man muss sich zusammenreißen."

Bernd kommt zu uns in die Wohnung.
Mama und Papa begrüßen ihn
und reden über die Arbeitslosigkeit.
Dann komme ich aus meinem Zimmer.
Bernd tritt lächelnd auf mich zu.
Ich sage: „Ich bin so froh,
dass Sie gekommen sind,
um meiner Familie zu helfen."
Bernd legt mir die Hand auf die Schulter
und schwafelt davon, dass wir alle zusammen
den Weg gehen müssen.
Die Gespräche in dieser Sendung wirken
nach außen ganz echt. Man merkt gar nicht,
wie oft Frau Steinfeld dazwischen gequatscht
hat.
Sie ist auch überhaupt nicht zu sehen.
Von ihren Anweisungen kriegt man
in der Sendung nichts mit.
Auch vom ganzen Ablauf her
stimmt die Sendung nicht. In *Abgestürzt!*

frühstücken wir erst,
nachdem wir Bernd kennengelernt haben.
Abgestürzt! ist wie die Geschichte

aus einer Parallelwelt, in der alles fast so ist
wie bei uns, aber ganz verdreht.
Es ist die Geschichte der Fernseh-Lessers.

Fernseh-Papa geht in die Kneipe und bestellt
ein Bier. Der Wirt wundert sich, dass er so früh
am Tag da ist. Mein richtiger Papa sitzt
neben mir und schreit den Fernseher an:
„Die Schlampe hat mir gesagt,
dass wir in die Kneipe sollen!“
Mit ‚Schlampe‘ meint er Frau Steinfeld.
Bernd, der im Fernsehen bestimmt
genauso schleimig ist wie in Echt, sitzt neben
Fernseh-Papa und guckt ihn traurig an.
„Bernd gefällt es gar nicht, was er da sieht“,
sagt der Sprecher.
„Es ist noch nicht einmal Mittag.“
Dann sieht man Bernd alleine auf der Straße.
Er spricht in die Kamera: „Es kommt schon vor,
dass die Leute sich hängen lassen
und die Hoffnung verlieren.

Aber wenn man sich so hängen lässt,
wenn man überhaupt nicht mehr kämpft,
ist man fast verloren.
Matthias muss aus diesem Teufelskreis
herauskommen!“
Jetzt sitzt Bernd wieder neben Fernseh-Papa,
genau in der gleichen Haltung wie vorher.
Seine Szene auf der Straße muss später
gedreht worden sein. „Ich finde, wir sollten jetzt
zum Jobcenter gehen“, sagt er.
In der nächsten Szene wartet Bernd
vor dem Arbeitsamt
und labert wieder seinen Quatsch.
Fernseh-Papa kommt raus,
und Bernd berührt ihn am Arm.
„Und?“, sagt Bernd.
„Ja, nix“, sagt Fernseh-Papa
und zuckt mit den Schultern.
Bernd klopft ihm aufmunternd auf die Schulter.
„Du musst das Positive sehen! Du bist hier.

Das ist ein wichtiger Schritt.
Jetzt muss man weitermachen.
Jeder Tag bietet neue Möglichkeiten.“

Mein echter Papa hat vor Wut einen roten Kopf.
„Ich habe diesen Leuten gesagt, dass ich
keinen Termin habe und das Amt nichts
für mich machen kann! Aber nein,
sie wollten unbedingt, dass ich dorthin gehe!"
Mama hat in den letzten Minuten
nichts mehr gesagt, nicht einmal,
dass Papa nicht so schimpfen soll.
Sie hält sich eine Hand vor den Mund,
während dicke Tränen
an ihren Wangen herunterlaufen.
Dabei steht Fernseh-Mama gar nicht
so schlecht da.
Sie macht den Haushalt
und gibt Bernd immer Recht.
In dieser verrückten Parallelwelt ist das
genau richtig. Bernd sagt ihr nämlich,
wie sie Fernseh-Papa den Alltag etwas leichter
machen kann. Sie soll auch aufpassen,
dass Fernseh-Kim ihre Hausaufgaben macht.
Bernd sieht eine „ernste Gefahr", denn „Kinder
von Leuten, die unten sind, bleiben oft unten."
So ein Glück, dass die Fernseh-Lessers

den tollen Bernd haben. Der zeigt als Nächstes
Fernseh-Kim, was im Leben wichtig ist.
„Kim lässt es sich nicht nehmen, ihre Künste
am Keyboard unter Beweis zu stellen“,
behauptet der Sprecher. „Vorher will Bernd
wissen, warum die Musik für die 14-Jährige
so wichtig ist.“
Bernd sitzt mit Fernseh-Kim auf dem Bett.
Sie erzählt ihm, dass sie mit ihrer Musik
später mal Geld verdienen will.
„Bernd ist sehr gespannt, was Kim
an den Tasten so kann“, sagt der Sprecher.
„Aber Übung macht den Meister,
und wie es sich herausstellt,
ist für die junge Musikerin noch die eine
oder andere Stunde nötig.“

Ich bin wirklich nicht aus Zucker.
Es kam schon vor, dass ich in der Schule
von irgendwelchen Deppen beschimpft wurde,
auch ziemlich heftig.

Einer hat mich ‚Scheißhure' genannt,
ein anderer ‚behindert' oder was weiß ich.
Das passiert jedem mal.
Was jetzt aber bei *Abgestürzt!* läuft,
ist das Schlimmste, was mir je angetan wurde.
Fernseh-Kim sitzt am Keyboard und macht
einen Fehler nach dem anderen.
Sie ist viel, viel schlechter,
als ich es an dem Tag wirklich war.
Idee TV hat nämlich für die Sendung
alle Fehler aneinandergereiht und
die Stellen dazwischen rausgenommen.
Am Ende wurschtelt Fernseh-Kim
das Stück doch noch zusammen,
aber da ist schon alles zu spät.
Sie steht da wie der letzte Idiot.
Dann sitzt Bernd wieder neben ihr auf dem Bett
und erzählt, dass sie Träume haben darf,
aber nicht auf Kosten der Schule.
Es ist der reinste Horror. Wer in der Schule
wird schon unterscheiden zwischen Fernseh-Kim
und mir?
Die meisten wissen, dass ich Keyboard spiele.

Die allermeisten haben mich aber
noch nie gehört.
Die nehmen mich doch jetzt nicht mehr ernst.
Diese Sendung macht mir das Leben kaputt.
Als Krönung kommt nun die Schreiszene.
Fernseh-Mama fragt, ob ich die Hausaufgaben
gemacht habe.
Fernseh-Kim kreischt sofort herum
wie eine Irre und rennt in ihr Zimmer.
Fernseh-Mama geht besorgt hinterher,
aber ihre Tochter
will sich einfach nicht beruhigen.
Fernseh-Papa lässt sich aufs Sofa fallen,
genau dorthin, wo mein Papa gerade sitzt.
Und trinkt schon wieder Bier.
Bernd hat kein gutes Gefühl bei der Sache
und redet ein ernstes Wort
mit Fernseh-Papa.
„Mit dem Alkohol wäre ich vorsichtig“,
rät er ihm.

„Auch wenn man kein Alkoholiker ist,
schadet man seinem Körper.
Wenn das Bier dazu führt,

dass du deine Sorgen vergisst,
dann lass es im Supermarkt stehen!
Stelle dich deinem Leben!“
Dann wünscht Bernd Fernseh-Papa und
Fernseh-Mama viel Kraft.
Kurz darauf kommt der Abspann.
Die Sendung ist vorbei.
Abgestürzt! ist die schlimmste Verarschung,
die ich je gesehen habe.
Die Zuschauer werden angelogen.
Für sie ist es aber nicht so wild.
Sie können den Fernseher ausmachen
und werden genauso respektiert wie vorher.
Wir aber wurden mit voller Absicht
fertiggemacht.
Für das bisschen Trash hat *Idee TV*
unsere Familie verheizt. Für achthundert Euro
und ein paar leere Versprechen
haben wir das alles mit uns machen lassen.
Das Telefon klingelt. Das kann kein Zufall sein.
Jemand hat die Sendung gesehen
und will mit uns sprechen.
Wir bleiben auf dem Sofa, keiner rührt sich.

Das Telefon klingelt, klingelt und klingelt.
Da flucht Papa, steht auf und hebt ab.
„Flynn“, sagt er und reicht mir den Hörer.

Seit einer halben Stunde sitze ich
in Flynns Zimmer. „Du bist mein Zeuge“,
heule ich.
„Ich habe dir ganz genau erzählt,
wie es mit den Fernsehleuten war,
und zwar so, wie es wirklich war.
Ich habe dich nicht angelogen.“
„Kim, jetzt werd nicht blöd.
Das weiß ich doch.
Die Sendung war der Schrott des Jahrhunderts.“
„Ich glaube ja fast selber nicht, was die
da abgezogen haben.
Ich habe schon gewusst, dass manchmal Szenen
so zusammengestellt werden,

dass alles spannender wirkt oder lustiger.
Aber Frau Steinfeld hat uns zu ein paar Sachen
richtig gezwungen. Sie hat uns richtig erpresst.“

„Ihr konntet ja nicht wissen,
dass so etwas passiert.“
„Ich bin mir da nicht so sicher. Ich fühle mich gerade so unfassbar dumm.“ Ich schluchze laut auf.
Flynn nimmt mich ganz lieb in die Arme.
„Jetzt will ich überhaupt nicht mehr in die Schule“, jammere ich ihm in die Schulter.
„Die Schule fängt erst in vier Wochen wieder an“, sagt er ruhig.
„Weißt du, wie schnell die rum sind? Meinst du, irgendjemand hat diese Sache bis dahin vergessen?
Ich kann dir mindestens fünf Leute nennen, die nur darauf warten, mir eins reinzuwürgen.
Ich will gar nicht wissen, was gerade bei Facebook abgeht.“
„Spar dir das lieber.
Die Kommentare sind nicht gut.“
„Siehst du! Ich bin ruiniert!
Ich kann mich doch nirgendwo mehr blicken lassen.“
Am liebsten würde ich mich in Luft auflösen.

Als ich mich später ein wenig beruhigt habe,
mache ich einen Riesenfehler:
Ich gehe mit Flynn doch auf Facebook.
Wenn die Kommentare ein Vorgeschmack
auf die Schule sind, sollte ich besser
in ein anderes Land ziehen.
„*Total Assi ^_^*"
„*die kann ja nix am keyboard,*
aber in der klasse die fresse aufreißen"
„*Beste Doku aller Zeiten?*"
„*Die Kleine hat wohl etwas überreagiert …*"
„*vadder säuft, tochter heult wegen hausaufgaben*
rum lol"
„*ihr könnt mich mit eurer scheiße *g**"
Und so weiter.
Ein Spruch tut mehr weh als der andere.
Flynn schreibt, dass sich die Leute nicht
so verarschen lassen sollen

und dass die Sendung alles falsch dargestellt hat.
Es hagelt sofort Kommentare.
„*flyyn du vollspast*"

„Du kannst mich mit deiner scheiße flynn“
F„lynn die lässt dich nicht ran,
egal wie sehr du dich bei ihr einschleimst“
„Vergiss es“, sage ich zu ihm. „Ich will das
nicht länger sehen.“

Später versuchen wir, uns irgendwie abzulenken.
Flynn schlägt vor, einen Film anzuschauen.
Ich will es versuchen. Wir gucken im Wohnzimmer
einen Mafiafilm, der in der Vergangenheit spielt.
Ich kann mich überhaupt nicht darauf einlassen.
Ich kann nicht einmal sagen,
ob er gut ist.
„Weißt du, was mich gerade richtig aufregt?“,
frage ich.
„Was denn?“
„Dass diese Leute andere im großen Stil
abzocken.
Das ist ein richtiges System.“
„Na ja“, sagt Flynn. „So ist halt die Mafia.“
„Von denen rede ich doch gar nicht!
Ich meine *Idee TV*. Ich weiß gar nicht,
wie viele Leute so etwas gucken.

Es sind bestimmt nicht so viele.
Und dafür fahren
Leute von *Idee TV* jeden Tag raus
und machen andere fertig.
Oder sie suchen nach ihnen im Internet.
Die Sendungen, die dabei rauskommen,
sind doch der letzte Scheiß!
Weißt du, was ich meine?“
„Klar, auf jeden Fall.“
Ich bin jetzt richtig in Fahrt. „Echt, oder?
Bernd Behrens? Oder diese anderen Vollhonks,
die so ähnliche Sendungen machen?
Die würde doch niemand vermissen,
wenn sie weg wären.“
Flynn nickt. „Die Leute wollen doch nur sehen,
dass das Leben von anderen beschissener ist
als ihr eigenes.“
„Genau. Und das geht mir gerade voll an die
Nieren. Bei *DSDS* wird wenigstens gesungen.
Bei *Topmodel* sehen die Leute wenigstens
scharf aus.
Aber dieser Mist am Nachmittag ist das Letzte.“
Flynn verzieht das Gesicht. „Na ja, am Ende

ist es ja wohl egal, ob du dich
von Dieter Bohlen niedermachen lässt
oder von *Idee TV*."
Ich sage nichts. Vielleicht hat er ja Recht.
Flynn überlegt. „Aber es stimmt schon.
Jeden Tag wird auf irgendeinem Sender
ein anderes armes Schwein vorgeführt.
Heute wart ihr es. Gestern gab es einen anderen,
morgen kommt der Nächste
und immer so weiter."
Der Gedanke macht mich verrückt.
„Man muss was dagegen machen!", rufe ich
und plötzlich kommt mir eine Idee.
„Wir könnten zur Zeitung gehen
und alles erklären.
Die Leute sollen wissen, dass das Fernsehen
sie anlügt. Sie müssen erfahren, dass ich
nicht irre bin und dass Papa kein Säufer ist."
Flynn überlegt nicht lange. „Ich bin dabei!
Wir starten einen richtigen Gegenangriff.
Die Typen von *Idee TV* werden
ganz schön doof gucken, wenn in der Zeitung steht,
wie sie arbeiten. Und wenn dir jemand

krumm kommt, hast du immer
einen Zeitungsartikel, den du zeigen kannst."
Das ist ein Plan. Sofort schauen wir nach,
wo die Büros vom Stadtanzeiger sind.
Ich will am liebsten auf der Stelle los.
Beim Gedanken, *Idee TV* eins auszuwischen,
geht es mir schon viel besser.
Ich bin jetzt voller Energie.
Aber leider ist es schon zu spät,
der Zeitung noch einen Besuch abzustatten.
Wir verabreden uns für morgen
vor dem Zeitungsgebäude.

Als ich nach Hause komme,
verlieren meine Eltern kein Wort über das,
was geschehen ist. Es ist wie nach dem Besuch
von *Idee TV* vor ein paar Wochen.
So kenne ich sie gar nicht. Ich wusste nicht,
dass sie so reagieren, wenn jemand sie angreift.
Es ärgert mich, sie so zu sehen.
Die anderen, die die Sendung gesehen haben,

werden ja auch nicht so tun,
als wäre nichts gewesen.
Irgendwann sagt meine Mutter doch etwas.
„Das ist eine Katastrophe“, sagt sie.
„Ich will eigentlich gar nicht mehr auf die Straße.“
„Wir müssen jetzt ganz stark sein“,
meint Papa.
„Die Leute reden bestimmt schon über uns.
Ich habe heute Frau Arndt getroffen.
Sie wollte mich nicht mal grüßen,
ist mir richtig aus dem Weg gegangen.“
Frau Arndt wohnt in unserem Haus.
Sie ist eigentlich immer nett.
Papa stöhnt leise. „Vielleicht wird es jetzt
noch schwieriger, eine Stelle zu finden.
Viele Arbeitgeber googeln ja
den Namen des Bewerbers.
Wenn jemand auf diese Sendung stößt,
kann ich jede Bewerbung vergessen.“
Er nimmt unsere Hände.
„Aber wir werden es gemeinsam durchstehen.
Irgendwann wird es vorbei sein.“
Dann schlägt er vor, dass wir einen Spaziergang

machen. Wir gehen durch unser Viertel
zu einem kleinen Wald. Das tut gut.
Es ist ein sehr schöner Sommerabend.
Und ich spüre, dass man als Familie
viel stärker ist, wenn man zusammenhält.
Aber es stört mich immer noch, dass Mama und
Papa sich überhaupt nicht zu wehren versuchen.

Zum Glück habe ich in Flynn einen Verbündeten.
Die Büros vom Stadtanzeiger sind
in einem weißen Hochhaus am Rand der Stadt.
Wir gehen einfach rein, schauen nach,
wo wir hinmüssen und fahren mit dem Aufzug
in den vierten Stock. Flynn knibbelt nervös
an seinen Fingern rum, aber ich bin zuversichtlich
und voller Tatendrang. Schließlich haben wir
eine heiße Geschichte, einen richtigen Skandal!
Man wird uns zuhören.

Wir kommen in eine Art Empfangszimmer
mit einer großen Theke. Es ist aber niemand
dahinter, und auch sonst ist keiner im Raum.

Eine Weile stehen wir etwas dämlich herum,
bis nach ein paar Minuten aus einem der
Büros ein grauhaariger Mann
mit Schlabberpulli und Jeans kommt.
Er guckt verwundert. „Was macht ihr denn hier?“
„Wir wollen mit einem Reporter sprechen“,
sage ich. „Meiner Familie wurde Unrecht getan.“
Der Mann schaut ein wenig genervt.
„Habt ihr einen Termin?“
„Nein“, sage ich etwas leiser.
Mich beschleicht das Gefühl, dass er
keine Lust hat, sich mit uns zu beschäftigen.
Wir hätten vielleicht vorher anrufen sollen.
„Na gut“, sagt der Mann nach einem Moment
und zeigt auf zwei niedrige Sessel an der Wand.
„Ich bin Journalist. Setzt euch
doch mal hin und erzählt mir, was ihr
zu erzählen habt.“
Wir nehmen Platz und ich erzähle also davon,
wie *Idee TV* uns angeschrieben hat,
wie Frau Steinfeld uns Hilfe versprochen hat,
dass der Dreh schlimm war
und die Sendung total verlogen.

Immer wieder kommen mir die Tränen.
Wie peinlich.
Dabei will ich doch stark sein. Ich will
diejenige sein, mit der man sich nicht anlegt.
Der Journalist hört zu, aber er schreibt sich
überhaupt nichts auf. Als ich fertig bin,
legt er seine Hände zusammen.
„Was passiert ist, tut mir leid“, sagt er.
„Aber ich weiß nicht,
wie ich euch helfen kann.
Es steht Aussage gegen Aussage. Wort gegen Wort.
Habt ihr irgendeinen Beleg dafür,
dass diese Firma die Wahrheit so verdreht hat?“
„*Idee TV* hat alles aufgenommen.“
„Aber ihr habt die Originalaufnahmen nicht.“
Der Journalist lächelt uns an.
„Ich kann mir vorstellen,
dass ihr unglücklich darüber seid,
dass ihr im Fernsehen anders gezeigt wurdet,
als ihr wolltet.
Aber so geht das wahrscheinlich vielen.“
„Es ist doch nicht nur das!“, sage ich.
„Wir wurden erpresst!“

„Hört zu, Kinder. Ich werde sehen,
was ich tun kann.
Gebt mir mal eure Telefonnummer."
Er schreibt sich meine Nummer auf,
aber irgendwie bin ich mir sicher, dass er sich
nicht melden wird. Es ist ungeheuer enttäuschend.
Aufgeben werde ich trotzdem nicht.

Kaum sind wir aus dem Gebäude,
habe ich einen neuen Plan.
„*Idee TV* sind ja nicht die Einzigen,
die Filmchen machen können.
Warum stellen wir nicht selbst ein Video
ins Netz?
Ich könnte dort einfach alles erklären."
Flynn grinst. „Mann, Kim,
das ist eine super Idee.
Ich dachte nämlich auch gerade,
wie cool es gewesen wäre, wenn wir
das Gespräch mit diesem Reporter
aufgenommen hätten.

Aber du kannst die Geschichte noch mal
vor meiner Webcam erzählen und wir
laden das Video rauf. Ganz einfach."
„Genau! Und es gibt niemanden, der uns
davon abhalten kann. Wir bringen die Nachricht
direkt an die Leute. Ganz ehrlich und unverfälscht."
Sofort spüre ich wieder diese Energie.
„Lass es uns gleich machen."

Kurz darauf sitzen wir vor Flynns Computer.
Ich bin geschminkt und habe mir
genau überlegt, was ich sagen will. Es ist also
ganz anders als bei meinem Fernsehauftritt.
Diesmal bestimme ich, was gesendet wird.
Ich erzähle meine Geschichte vor der Webcam
besser als vorhin beim Stadtanzeiger
und sage alles, was ich sagen will.
Dass *Idee TV* uns verarscht hat
und dass die Leute dort Drecksäcke sind.
Ich heule auch nicht,
sondern fühle mich richtig stark.

Am Ende erkläre ich, dass ich viel besser
Keyboard spiele, als im Fernsehen gezeigt.
Mit dem Ergebnis bin ich zufrieden.
Das Video ist zwar nicht spektakulär.
Es gibt bestimmt Tausende von Filmchen,
in denen irgendein Jugendlicher
in einem Kinderzimmer sitzt
und in die Webcam spricht.
Aber ich spreche klar
und das Licht fällt gut auf mein Gesicht.
Meine Botschaft kommt rüber.
Bis zum Ende der Sommerferien habe ich Zeit,
meinen Ruf einigermaßen zu retten.
Das Video ist ein guter erster Schritt.
Wenn es Fragen gibt, kann ich sie
direkt beantworten, in den Kommentaren
oder mit einem neuen Video.
Nicht jeder, der *Abgestürzt!* gesehen hat,
wird meine Gegendarstellung sehen.
Ich werde aber dafür sorgen,
dass zumindest jeder in meiner Klasse sie sieht.
„Wir müssen irgendwo Werbung
für das Video machen.“

„Facebook", sagt Flynn. Und postet schon den Link.
Aber ich möchte noch mehr tun.
Also verlinken wir das Video mit der Internetseite des Senders in deren Forum.
Und ich gehe in das Forum für Arbeitslose, in dem meine Eltern angemeldet sind.
Schon eine Stunde später stehen fünf Kommentare unter unserem Video.
Vier sind sehr aufmunternd.
In einem steht, dass ich nicht so rumheulen soll und dass ich im Fernsehen genauso bescheuert aussehe wie im Internet.
Damit komme ich aber klar.
Irgendeiner schimpft immer. Ich fühle mich wie eine Rebellin gegen das Böse.
Das ist ein richtig cooles Gefühl.
Idee TV hat sich mit der Falschen angelegt!
Ich freue mich schon darauf, Mama und Papa von dem Video zu erzählen.

Zu Hause merke ich sofort, dass etwas
mit meinen Eltern nicht stimmt.
Aber ich weiß nicht, was.
Mama und Papa sagen mir, dass ich mich
zu ihnen in die Küche setzen soll.
Die Stimmung ist mies.
„Frau Steinfeld hat bei uns angerufen“,
sagt Papa.
Sein Blick ist ganz finster.
Ich zucke nur die Schultern.
Die kann mir jetzt nichts mehr anhaben.
Ab heute schlage ich zurück.
„Hast du ein Video ins Internet gestellt?“,
fragt Mama in scharfem Ton. Ich bin baff.
So schnell hat *Idee TV* von unserer Aktion
Wind gekriegt!
„Willst du uns in den Ruin treiben?“
„Ich will uns helfen“, verteidige ich mich.
„Im Video sage ich nichts als die Wahrheit.
Wenn uns jetzt jemand an den Karren fahren will,
können wir einfach sagen, dass die Wahrheit
im Internet steht.“
„Kim“, setzt Papa an und muss sich

sehr beherrschen, ruhig zu bleiben. „Wir wissen es zu schätzen, dass du uns helfen willst. Aber wir haben einen Vertrag unterschrieben. In dem steht, dass wir öffentlich nichts über den Dreh sagen dürfen. Frau Steinfeld sagt, dass wir den Ruf der Sendung ruinieren."
Sind meine Eltern bekloppt geworden?
Genau das will ich ja! „Es ist ja auch eine schreckliche Sendung!", rufe ich.
„Wenn sie wegen uns die Sendung verlieren", fährt Papa fort, „dann machen sie Verluste. Das Geld werden sie sich dann von uns holen."
Das sind bestimmt nicht seine Worte, sondern die von Frau Steinfeld.
Wir werden also wieder erpresst!
„Papa, du sagtest doch, wir wollen als Familie zusammenhalten.
Wir können uns gemeinsam wehren."
„Kim, du verstehst es nicht!
Wenn wir vor Gericht verlieren,

sind wir am Ende!
Das werde ich nicht zulassen."
„Aber Papa …"

„Keine Diskussion!“ Jetzt ist er doch laut.
Mama fängt an zu heulen
und ich muss auch wieder weinen.
Papa holt seinen Laptop. Unter seiner Aufsicht
muss ich das Video löschen. Vorher sehe ich,
dass die Kommentare sich vervierfacht haben.
Mama und Papa drängen aber so sehr,
dass ich mich nicht traue, sie alle zu lesen.
Nach wenigen Minuten ist das Video weg.
Es bricht mir das Herz.
Das ist das Ende meiner Rebellion.

Schon bald bekomme ich einen ersten Geschmack
davon, was mich nach den Ferien erwartet.
Ich bummle gerade durch die Innenstadt
und versuche, mich abzulenken.
Da wird hinter mir gegrölt.
„Ihr könnt mich mit eurer Scheiße“,
kommt es gleich von mehreren Leuten auf
einmal.
Der Spruch kann nur auf mich bezogen sein.
Ich drehe mich um und sehe gleich drei Jungs
aus meiner Klasse.

Sie grölen weiter, holen mich langsam ein.
Mein Magen verkrampft sich.
Was ich da spüre, ist die nackte Scham.
Ich gehe schneller,
aber meine Verfolger bleiben dran.
Ich dränge mich an verwunderten Passanten
vorbei in ein Einkaufszentrum.
Dort verliere ich die drei. In der Schule
werde ich nicht so leicht fliehen können.

Am nächsten Tag bekomme ich einen Anruf.
Es ist die Mutter von Antonia,
einem Mädchen aus meiner Klasse.
Ich war mal mit Antonia befreundet,
bis sie anfing, sich einzubilden,
ich wolle was von einem Jungen,
in den sie unglücklich verknallt ist.
Gestern hat sie noch auf Facebook geschrieben,

ich sei scharf drauf, ins Fernsehen zu kommen,
aber zu doof, um zu raffen,
dass ich nichts zu zeigen habe.

„Wir machen nächste Woche einen Ausflug
an die Nordsee“, sagt Antonias Mutter.
„Hast du nicht Lust mitzukommen?“
Da bin ich wirklich überrascht.
Ich kann mir aber nicht vorstellen,
dass Antonia Bock auf mich hat.
„Ich weiß nicht so recht …“, sage ich.
„Komm doch mit“, sagt sie sanft.
„Es wird dir guttun,
ein wenig von zu Hause wegzukommen.“
Dieser letzte Spruch haut mich um.
Antonias Mutter meint es gut,
aber ich finde ihn schlimmer
als irgendeinen blöden Kommentar im Netz.
Ich muss mich zusammenreißen, als ich
mich nett bedanke, aber das Angebot ablehne.
Kaum habe ich aufgelegt,
muss ich schon wieder weinen.

Während meiner kurzen Rebellion habe ich mich
sehr gut gefühlt. Ich bin noch nie
in einer so schlimmen Krise gewesen.
Durch das Video habe ich gemerkt,

dass ich klarkomme, solange ich etwas
tun kann.
Jetzt bin ich wieder ohnmächtig.
Ich werde kontrolliert von meinen Eltern,
die nicht kämpfen wollen,
und die werden von *Idee TV* kontrolliert.
Papa behauptet, dass der Stress irgendwann
wieder vorbei sein wird. Aber er hat doch
keine Ahnung, wie die Leute in meiner Klasse
ticken. Selbst wenn der letzte blöde Spruch
gesagt worden ist – die blöden Blicke werden
bleiben.
Ich habe solche Angst vor der Schule.
Doch es kommt noch schlimmer.
Von Flynn erfahre ich
noch am gleichen Tag, dass ein Ausschnitt
der Sendung auf *YouTube* gelandet ist.
„Irres Mädchen will keine Hausaufgaben
machen", heißt das Video. Er braucht mir
gar nicht zu erzählen, was darin zu sehen ist.

Dreihundertmal wurde das Video bis jetzt
angeklickt. Diese Zahl wird noch höher werden.
Ich bin erledigt.

Idee TV wird bestimmt nichts unternehmen, um es aus dem Netz zu nehmen. Für Bernd und Frau Steinfeld ist es doch nur Werbung.

Es vergehen drei Tage,
die ich zu Hause verbringe.
Ich bin total deprimiert, habe auf nichts Lust.
Ich treffe mich mit niemandem
und mache keine Musik.
Mama und Papa reden kaum mit mir.
Sie reden auch kaum miteinander.
Es klingt komisch, aber ich gucke jetzt mehr
Reality-Sendungen als vor dem Dreh
mit *Idee TV*.
Das Schicksal der anderen,
die dort so derb reingelegt werden,
berührt mich.
Bei *Abgestürzt!* wird jemand vorgeführt,
der Drogen genommen hat und auf Entzug ist.
Andere Sendungen sind allerdings
auch nicht ohne.

In einer Verkupplungsshow wird ein Mädchen
verarscht, das sehr hässlich aussieht
und ganz komisch spricht. I
ch habe das Gefühl, dass sie geistig behindert ist.
Sie bräuchte richtige Hilfe und nicht
diese sinnlose Fernseh-Hilfe. Es ist widerlich,
wie das Fernsehen mit ihr umgeht.
Am Sonntagmorgen ruft Flynn an.
„Es hat sich jemand wegen der Sendung
gemeldet, mit dem wir uns
unterhalten sollten“, sagt er ganz aufgeregt.
„Er meint, er könne uns helfen.“
Ich sitze auf dem Sofa,
neben mir liest Mama in einer Zeitschrift.
Hoffentlich hat sie nichts mitbekommen.
Ich gehe in mein Zimmer und ziehe die Tür
hinter mir zu.
Der Typ, von dem Flynn erzählt, heißt Goran.
Er hat beide Videos von mir gesehen.
Das, was wir raufgestellt haben, und

den Ausschnitt aus der Sendung,
in dem ich so rumschreie.
Unter das zweite Video hat er

einen Kommentar geschrieben. Goran
will mit mir Kontakt aufnehmen,
weil er glaubt, mir helfen zu können.
„Woher weißt du, dass das keine
dumme Anmache ist?“, frage ich Flynn.
„Ich weiß es nicht“, sagt Flynn. „Aber ich weiß,
dass er selber im Fernsehen war.
In *Report Direkt*.“
Ein Leidensgenosse also!
Nach den trüben Tagen zu Hause spüre ich
endlich wieder einen Funken Hoffnung.
Vielleicht brauchen wir für unseren Kampf
gegen *Idee TV* noch einen weiteren Verbündeten.
Goran möchte sich mit uns in der ‚Brücke‘
treffen, einem Jugendzentrum in Erltal,
im Süden der Stadt.
Flynn und ich nehmen den Bus.

Das Jugendzentrum ‚Brücke‘ ist ein Betonkasten,
wie die meisten anderen Häuser in dieser Gegend,
hat aber eine bunt angesprayte Wand.

Wir gehen rein und sehen einen Haufen Leute
um einen Kickertisch stehen.
Flynn fragt nach Goran. Der Typ,
der sich meldet, ist ein paar Jahre älter
als wir. Er ist groß, schlank
und hat dunkelbraune Haare.
Seine Augen sind strahlend blau.
Er sieht serbisch aus oder kroatisch,
und auf eine ganz selbstverständliche Weise
cool.
Er lächelt, als er auf uns zuläuft.
„Du siehst viel lässiger aus als im Fernsehen“,
sagt er zu mir.
Damit hat er mich sofort auf seiner Seite.
„Ich schreie auch nicht so oft.“
Er lacht. „Das hoffe ich! Sonst müsste ich
auf Abstand gehen, damit ich nicht taub werde.“
Wir gehen hinters Haus auf eine Wiese.
Die Sonne scheint. Ein Stück weiter weg haben
ein paar Leute eine Slackline zwischen

zwei Bäume gespannt. Vor lauter Fernsehterror
habe ich fast vergessen,
dass wir Sommerferien haben.

Goran fängt an zu erzählen. „Mir hat damals
so ein Kerl eine E-Mail geschrieben,
Marco Semmer hieß der. Er meinte,
dass er eine Sendung über Nachwuchsmusiker
machen will, die auf Deutsch singen."
„Bist du Sänger?", frage ich.
„Ich rappe", sagt er und zeigt auf zwei Typen
an der Hauswand. „Das sind meine Kollegen."
Musik macht er auch noch!
„Also kommt dieser Semmer hierher,
mit einem Kameramann
und so einem Mikrofonhaltertyp.
Sie bleiben fast den ganzen Tag.
Aber sie reden nicht nur mit mir,
sondern auch mit anderen. Es geht aber
in diesen anderen Gesprächen
gar nicht mehr um Musik.
Die Gegend hier hat bei manchen
einen schlechten Ruf und dieser Semmer ist
nur auf Ghettogeschichten aus. Er fragt rum,
ob man sich hier sicher fühlen kann.
Ihm geht voll einer ab, als er hört,
dass jemand mal auf der Sternstraße

in den Arm gestochen wurde.
Obwohl das vor drei Jahren war
und mit deutscher Musik nichts zu tun hat.
Und dann trifft er noch jemanden,
der für vierzig Euro ein paar Verbrechen erfindet.
Dann fragt mich Semmer endlich, ob ich ihm
was vorrappen kann. Wir haben Songs
über alle möglichen Sachen.
Manchmal geht es auch um Gewalt,
aber wir haben drei oder vier Songs gesungen."
Jetzt kapiere ich es. „Aber im Fernsehen
haben sie nur den Gewaltsong gespielt."
„Genau! Wir waren die Ghettorapper.
Später in der Sendung klingt es so,
als würde ich damit angeben,
dass ich Leute abziehe und denen eine klatsche.
Dabei war der Song sogar gegen Gewalt."
„Das ist irre", sage ich. „Wie bist du
damit klargekommen?"
„Ganz ehrlich?

Mich hat es nicht so schlimm erwischt wie dich.
Aber sehr viele Leute waren total angepisst
über den Report.

Da kommt dieser Fernsehtyp her,
trollt hier den ganzen Tag rum
und verarscht uns dann auch noch richtig."
„Echt unglaublich", sage ich. „Semmer hieß
bei mir Monika Steinfeld, aber das habe ich
schon in meinem Video gesagt.
Wenn ich deine Geschichte höre,
kann ich es trotzdem kaum fassen,
dass so etwas wahr ist."
„Ich finde es super, dass du dich mit diesem
Video gewehrt hast.
Das hat mich beeindruckt."
„Danke." Ich bin ganz verlegen.
„Flynn hat mir viel geholfen."
„Ja. Er hat mir auch erzählt,
dass ihr es runternehmen musstet.
Wie alt seid ihr?"
„Wir sind vierzehn", sage ich. Das ist mir gerade
richtig peinlich. Verglichen mit Goran
sind wir Kinder. „Und du?", frage ich.
„Siebzehn."
Goran merkt, dass ich mich für mein Alter schäme.
„Tu nicht so verlegen", sagt er.

„Du kannst echt stolz auf dich sein.
Man muss diesen Leuten den Mittelfinger zeigen.
Lasst euch nicht unterkriegen."
„Was hast du gemacht?", fragt Flynn.
„Du meintest doch, dass du dich gewehrt hast."
„Wir haben uns im Internet beschwert,
genau wie ihr.
Aber wir haben kaum etwas erreicht.
Das Fernsehen bringt viele Geschichten,
die immer nur Vorurteile verstärken.
Es ist schwer, dagegen anzukommen.
Dann bin ich auf Thorsten gestoßen."
Ich schüttle den Kopf. „Kenne ich nicht."
„Thorsten hat eine Sendung im Internet.
In der geht es nur ums Fernsehen
und oft darum,
was für ein Quatsch gesendet wird.
Das ist eine richtige Gegenbewegung.
Wollt ihr was trinken?"
Wir gehen rein.

Goran gibt uns eine Cola aus.
Er erzählt, dass Thorsten mit seiner Sendung
viele Tausend Leute erreicht. „Ihr habt

das Richtige gemacht, als ihr dieses Video
ins Internet gestellt habt.
Wenn man es richtig benutzt,
kann man damit eine Menge Leute erreichen.
Ich glaube, viele beim Fernsehen
haben eine Riesenpanik davor.
Wenn da eine Bewegung ins Rollen kommt,
kann sie ihnen sehr gefährlich werden."
Diese Worte bauen mich auf.
Ich will Teil dieser Gegenbewegung sein,
von der er da spricht.
„Meinst du, wir sollten
mit diesem Thorsten sprechen?", frage ich ihn.
„Auf jeden Fall. Ich habe noch seine Nummer.
Ich kann ihn anrufen, wenn ihr wollt."
„Am besten jetzt gleich", sagt Flynn
und grinst mich an, bevor ich den Mund
aufmachen kann.
Er weiß inzwischen sehr genau, wie ich ticke.

Das Zentrum hat einen Computerraum.
Goran führt uns dorthin und zeigt uns
die Internetseite von dieser Sendung.

Während wir auf ihr herumstöbern,
geht er telefonieren. Die Seite sieht schick aus.
Goran kommt zurück und strahlt wieder.
„Habt ihr übermorgen Abend Zeit?
Thorsten möchte persönlich mit dir sprechen.“
Das ist ja mal der Hammer. Es sieht ganz so aus,
als ob unsere Mühen nicht umsonst gewesen
wären.
Was Thorsten macht,
geht weit über unser kleines Video hinaus.

Das Warten auf den Dienstag macht mich fertig.
Zum einen kann ich es kaum erwarten,
meinen Kampf gegen *Idee TV* fortzusetzen.
Aber am schlimmsten ist es,
das Treffen vor meinen Eltern zu verheimlichen.
Ich weiß, dass sie mir verbieten würden,
mich mit Thorsten zu treffen. Sie haben
zu viel Angst. Also erzähle ich ihnen,
dass ich mich am Dienstag mit Flynn treffe.
Am Dienstagnachmittag liege ich

auf meinem Bett und telefoniere mit Flynn.
Ich erzähle ihm,
wie sehr ich mich
über das Treffen mit Thorsten freue.
Wir gucken uns die Fahrpläne an,
damit wir später in den gleichen Bus
nach Erltal steigen.
Als ich das Telefon wieder ins Wohnzimmer
bringen will, stoße ich fast mit meiner Mutter
zusammen.
Sie hat direkt vor meinem Zimmer gestanden
und guckt sehr, sehr böse.
„Hast du gelauscht, Mama?“
„Wer ist Thorsten?“
Sie hat also gelauscht.
„Wir wollen uns einfach nur treffen“, sage ich.
„Nichts weiter!“
„Lüg mich nicht an, Kim! Es geht doch wieder
ums Fernsehen. Siehst du nicht,
dass wir schon genug Probleme haben?“
„Mama, wir reden nur mit einem, der sagt,
dass er uns helfen kann.
Wir machen kein neues Video.“

„Vergiss doch endlich die Sache!
Papa hat alles dazu gesagt.“
„Lass mich doch bitte gehen!“, flehe ich sie an.
Aber es hat keinen Zweck.
Ich höre auf zu diskutieren,
und gehe widerstandslos in mein Zimmer.
Aber ich horche an der Tür
und warte auf einen günstigen Moment.
Während meine Mutter ins Bad geht,
schleiche ich raus.
Ich ziehe mir leise die Schuhe an und haue ab.
Als ich die Treppen hinunterlaufe,
geht oben die Wohnungstür auf.
„Was fällt dir ein?“, brüllt Mama mir hinterher.
„Du kommst sofort zurück!“
Sie schreit das ganze Haus zusammen.
Als ich auf der Straße bin,
schreit sie sogar noch aus dem Fenster.
Frau Steinfeld wäre stolz auf uns.

112 Ich treffe mich mit Flynn im Bus. Ich erzähle ihm,
dass ich auf der Flucht bin.
Ich will gar nicht daran denken,

was es für ein Theater gibt, wenn ich wieder nach Hause komme. Aber ich war noch nie so überzeugt davon, dass meine Eltern im Unrecht sind. Vielleicht gehört das dazu, wenn man erwachsen wird?
Man sieht immer mehr, dass Eltern sich auch falsch entscheiden können.
Thorsten hat sich für acht Uhr angekündigt.
Goran macht mit dem Leiter des Jugendzentrums klar, dass wir so lange hier bleiben können.
Dann zeigt er uns den Keller des Hauses.
Dort gibt es ein richtiges Tonstudio: einen Raum, in dem man Musik spielen und aufnehmen kann, und einen Raum, in dem ein großes Mischpult steht.
Hier bekommt die Musik den letzten Schliff.
Goran ist stolz darauf, dass es dieses Studio gibt.
„Das Zentrum hat lange dafür gespart", sagt er.
Er zeigt uns ein paar Tracks, die er mit anderen Leuten aufgenommen hat.
„Ob ich hier vielleicht auch mal mit meinem Keyboard aufkreuzen kann?", frage ich.

„Klar“, sagt Goran. „Dann kannst du
uns auch zeigen, was du wirklich draufhast.“
Ich fühle mich wie im Himmel.
Thorsten kommt in einem silbernen VW Golf.
Er ist älter, als ich erwartet hatte, bestimmt
Mitte dreißig. Er hat dunkelblonde Haare
und eine Brille. Mit seinem schwarzen T-Shirt
und der Jeans sieht er fast ein bisschen
langweilig aus – nicht so aufgestylt,
wie ich es von den Fernsehleuten kenne.
Thorsten schüttelt mir die Hand.
Er erzählt ein bisschen von seiner Sendung.
Er war mal selber beim Fernsehen und hat
bei einigen üblen Sendungen mitgearbeitet.
Irgendwann reichte es ihm.
„Wie kommt man dann darauf, eine eigene
Sendung zu machen?“, frage ich ihn.
„Na ja, jeder kann im Internet
eine Sendung machen. Wenn sie gut ist,
wird sie irgendwann auch geguckt.“

Jetzt möchte Thorsten mehr über mich
und *Abgestürzt!* wissen.
„Ich habe eine Videokamera im Auto", sagt er.
„Darf ich unser Gespräch aufnehmen?"
Ich weiß nicht so recht. Das letzte Mal,
als ich von jemand Fremdem gefilmt wurde,
endete mit Tränen.
Thorsten sagt, dass ich nicht muss,
wenn ich es nicht will. Er sagt das so nett
und so ruhig, dass ich etwas Vertrauen fasse.
Aber ich habe noch eine andere Sorge.
„*Idee TV* hat uns mit einer Anzeige
und Geldstrafe gedroht,
wenn wir die Wahrheit erzählen.
Die werden versuchen, uns fertigzumachen."
Thorsten nickt ernst.
„Es ist nicht das erste Mal, dass ich das höre.
Da wird unheimlich Druck gemacht.
Bisher wurde aber noch niemand angezeigt,
nur weil er erzählt hat,
wie die Dreharbeiten waren.
Das ist meistens nur heiße Luft."
„Wirklich?"

„Ein Vertrag wird ja nicht gültig,
nur weil man ihn unterschreibt.
In diesen Verträgen stehen oft Sachen drin,
die gesetzlich verboten sind. Ich kann mir
euren Vertrag später anschauen,
wenn ihr wollt.“
Das macht mir Mut. Ich sage,
er soll ruhig filmen.
Ich habe inzwischen viel Übung darin,
meine Geschichte zu erzählen,
und ich mache es gut.
Thorsten stellt aber auch gute Fragen.
Er will wissen, wie ich mich gefühlt habe.
Er fragt ganz genau,
was Frau Steinfeld gemacht hat.
Und er fragt viel über meine Familie.
Es ist alles so anders als bei *Idee TV*.
Thorsten befiehlt mir nicht,
was ich zu sagen habe.
Er lässt mich ausreden.

Er behandelt mich einfach mit Respekt.
„Ich würde die Geschichte gerne senden“,
sagt er, als er die Kamera ausmacht.

„Je mehr Menschen erfahren, wie manche
Sendungen gemacht werden, desto besser."
Ich bin sehr glücklich darüber.
„Ich muss aber mit deinen Eltern sprechen",
sagt er. „In der Geschichte geht es ja auch
um sie."
Ich stoße einen Seufzer aus. „Davor habe ich
echt Panik. Ich habe ihnen noch nichts erzählt."
„Du solltest mir ihnen reden.
Ich werde nicht hinter ihrem Rücken
eine Sendung mit dir machen."
„Du hast nicht gesehen,
wie wütend meine Mutter war."
Thorsten überlegt einen Augenblick.
„Ich kann dir dieses Gespräch nicht abnehmen.
Es tut mir leid.
Ich kann dir nur versprechen,
mich morgen selber bei ihnen zu melden."
„Okay."
Thorsten lächelt. „Dann fahr jetzt besser
heim.
Ich weiß, dass das schwer ist.
Danke, dass ich mit dir sprechen konnte."

Bald sitze ich im Bus auf dem Weg nach Hause.
Ich bin ganz aufgewühlt. Ich hoffe,
dass ich gleich die richtigen Worte finde,
wenn ich Mama und Papa sehe. Ich träume davon,
dass sie irgendwann sogar stolz auf mich sind.
Wird dies das Ende von *Idee TV*? Bestimmt nicht.
Aber ich fühle, dass ich gerade an einem Kampf
teilnehme. Ich bin auch sehr froh,
dass ich nicht allein dem Fernsehen
und den Zeitungen ausgeliefert bin.
Ohne das Internet hätte ich mich
viel schlechter wehren können. Im Netz gibt es
auch viel Blödsinn, aber es beruhigt mich,
dass ich dort mitmischen kann, wenn ich will.
Auf meiner Heimfahrt träume ich
von eigenen Nachrichtensendungen,
eigenen Musiksendungen.
Ein bisschen Erfahrung habe ich ja jetzt.
Als ich vor unserem Haus stehe,
brennt bei uns oben das Licht. Mama und
Papa sind also bestimmt noch wach.
Ich atme tief durch und gehe hinein.

Vitor Zimmerer, 1978 in Brasilien geboren, ist Wissenschaftler am University College London. Er lebte lange um und in Düsseldorf, dort studierte er Sprachwissenschaften und Germanistik. Heute untersucht er Sprachstörungen bei Menschen mit Gehirnschäden. Er spielt in einer Rockband und tritt regelmäßig in englischen Pubs auf. „Extrem TV" ist seine erste Buchveröffentlichung.

LESEPROBE

„Wie viele Level hat dein Leben?“
von Werner Färber
ISBN 978-3-473-52438-9

Christopher verstärkt den Beinschlag.
Noch fünf Bahnen, dann hat er die vierzig voll.
Das ist sein Morgenpensum vor der Schule.
Dreimal pro Woche. Obwohl die Muskeln
längst brennen, zieht er die Arme noch immer
sauber unter seinem Körper durch.
Stilistisch hat er sich verbessert.
Vor allem beim Kraulen.
Neulich hat ihn sein Trainer, Herr Strasser,
vorschwimmen lassen, um den anderen
einen Bewegungsablauf zu erläutern.
Das war das erste Mal, dass er Christopher
ins Wasser geschickt hat, damit die Kollegen
vom Beckenrand aus zuschauen können.
Beim nächsten Atemzug dreht Christopher
den Kopf etwas weiter als nötig
und wirft einen Blick auf die Wanduhr.

Eigentlich müsste er längst in der Umkleidekabine sein. Trotzdem. Weiter. Atemzug unter dem angewinkelten linken Arm, kräftiger Zug unterm Brustkorb durch, abtauchen, Rolle vorwärts, abstoßen, Delfinbewegungen während der Tauchphase, auftauchen, atmen unterm linken Arm, Beinschlag, Armzug.

Bevor er die 2000 Meter nicht voll hat, wird er das Becken nicht verlassen.
Sonst gibt's Zoff.
Noch vier Bahnen.
Was die Einhaltung des Pensums angeht, versteht Herr Strasser keinen Spaß. In Sachen Pünktlichkeit ist der Coach noch schlimmer. Und diese Woche hat es Christopher gleich zweimal geschafft, eine Viertelstunde zu spät zu kommen.
Nur weil sein Paps es nicht gebacken bekommt, den Wecker zu stellen. Seine Ma musste

für ein paar Tage zu seinen Großeltern,
um den alten Leutchen ein bisschen zu helfen.
Christopher bleibt im Wasser, bis er
die 2000 Meter voll hat. Stress mit Strasser
ist einfach übel. Da ist es klüger, man haut
ordentlich rein, um ihn positiv zu stimmen.
Vor Beginn der ersten Stunde noch schnell
die Hausaufgaben abzuschreiben, wird heute
kaum noch möglich sein. Aber was ist wichtiger:
die Meisterschaft oder die Hausaufgaben?
Da muss Christopher nicht lange überlegen.
Dieses Jahr will er aufs Podest. Koste es,
was es wolle. Noch drei Wenden.
Atemzug unter dem angewinkelten linken Arm,
kräftiger Zug unterm Brustkorb durch,
abtauchen, Rolle vorwärts, abstoßen,
Delfinbewegungen während der Tauchphase,
auftauchen, atmen unterm linken Arm,
Beinschlag, Armzug. Endspurt.
Wenn schon, dann richtig. Ordentlich powern.
Nach der letzten Bahn schießt Christopher
aus dem Wasser wie ein Seehund,
schnappt sich sein Handtuch von der

Wärmebank und braust sich unter der Dusche
kurz das Chlorwasser vom Leib.
Schon wenige Minuten später schwingt er sich
aufs Fahrrad und kachelt die Treppen hinunter.
Wozu hat er ein Mountainbike?
Um den Serpentinenweg für Kinderwagen
und Rollifahrer zu benutzen?
Auch nach 2000 Metern Kraul tritt er
noch kraftvoll in die Pedale.
Triathlon wäre auch noch was für ihn.
Irgendwann auf Hawaii am *Ironman* teilnehmen.
Aus der Ferne sieht er Katharina in der Schule
verschwinden. Auch sie ist ganz schön spät dran.
Dabei hat sie ihm gestern versprochen,
früher zu kommen, damit er von ihr noch Mathe
abschreiben kann. Er schließt sein Rad an
und startet Triathlon-Disziplin Nummer drei:
Laufen.
„Hey, Katharina!“, ruft er und fängt sie vor der
Tür des Klassenzimmers ab.
„Sorry, hab verschlafen“, sagt sie.
„Schon okay“, antwortet er großzügig.
„Ich doch auch. Hast du Mathe?“

„Ich nicht“, antwortet sie lachend. „Aber du.“
Dieser Blick! Diese Augen! Wasserblau.
Und strahlend. Und so klar.
Am liebsten würde er darin eintauchen
und 2000 Meter schwimmen.
Wenn’s sein muss, auch 2000 Bahnen.
Strahlt Katharina alle so an? Oder nur ihn?
Christopher weiß es nicht. Er sollte mal genauer
darauf achten, wie sie andere ansieht.
Das hat er sich schon oft vorgenommen.
Aber irgendwie ist er in ihrer Anwesenheit
immer abgelenkt. So wie jetzt.
Deshalb kapiert er auch nicht,
was sie gerade gemeint haben könnte.
„Hä?“
„Wenn hier jemand Mathe *hasst*, bist das wohl
du.“ Sie öffnet lachend ihre Tasche.
„Autsch!“, kommentiert er ihr Brechstangen-Wortspiel. Manchmal übertreibt sie es
mit ihren Spitzfindigkeiten.
Solange sie ihn jedoch weiterhin so anstrahlt
wie in diesem Augenblick, kann Christopher
ihr locker verzeihen.

Er greift nach ihren Arbeitsblättern.
Sie hält sie fest. „Mach mal wieder selber was", sagt sie mahnend. „Sonst kapierst du wirklich bald gar nichts mehr."
Christopher blickt theatralisch zur Decke.
„Ja, Mutti." Reicht es nicht, dass ihm seine Eltern die momentane Abwärtskurve seiner Schulnoten ständig unter die Nase reiben?
„Echt jetzt, Christopher. Letztes Schuljahr hab ich noch von *dir* abgeschrieben."
„Nicht in Mathe."
„Weil du Mathe hasst."
„Das kannst du so nicht sagen", widerspricht Christopher.
„Ach?"
„Eigentlich liegt es viel mehr am Henker und nicht am Fach." Christopher ist sich sicher, dass der Mathelehrer, der in Wirklichkeit Henkel heißt, nicht nur ihm allen Bock auf Mathe nimmt.
„Wenn es nur Mathe wäre", sagt Katharina zögernd und blickt ihm noch tiefer in die Augen.